Das Phantom Phynxh

Bruno T. Schelig

Vorwort

Es gab einmal eine Zeit in meinem Leben, da war ich normal. Bis ich in einen Brunnen fiel ...

Nein, aber diesen Hauch an leichtem Sarkasmus konnte ich einfach nicht unterdrücken.

Es gab wirklich eine Zeit in der ich nur Durchschnitt war. Ein Mensch unter Menschen, ein Gleich unter Gleichen, das im Trott der Masse nicht unterging, aber mit ihr schwamm. Es ist lange her und es war eine andere Zeit. Und dennoch war ihr Erleben so einzigartig, dass es eben nur einmal geschehen konnte. Ich möchte und ich werde versuchen, Dir meinem Leser dies in Worten zu zeichnen, zu malen und auf seine eigene Art ihm so Leben zu schenken.

Es kam kein Engel von oben, kein Geist, der mir seine Macht verlieh. Und dennoch geschah etwas Vergleichbares, das sich dem normalen Leben enthob.

Ich spazierte im Wald entlang. Nicht auf der Suche nach Natur, frischer Luft oder dem Hauch dessen was sich Freiheit nennt. Ich war den Häschern meines Rufes entkommen, den nun mal der Reichtum mit sich bringt. Ich schlenderte, schlenderte und umrundete Stein um Stein,

Stöckchen um Stöckchen. In Wahrheit wusste ich selber nicht, was ich zu finden hoffte, ersehnte oder mit wünschte. Die Wahrheit war, dass ich der Gefangene eines Lebens war, aus dem ich einen Ausweg suchte. Meine Träume von großen Helden, die Visionen von etwas weitaus Größerem als einer Villa und Bergen an Geld, die ich Dank meiner Eltern besaß, im Geiste schwirrend.

Während ich also in den Welten meiner Gedanken und Träumen spazieren ging, hörte ich ein kreischendes Geräusch, das jede Wirklichkeit zerschmettert hätte. Sofort beendete ich die Welten, die meine Gedanken gefangen hielten und erwachte im tanzenden Sonnenlicht des Frühlings. Ich sperrte die Ohren auf, lauschte und versuchte auszumachen. Erneut erklang das Kreischen und ich folgte ihm. Ganz sicher keine Sirene, die mich rief. Keine Verlockung, aber Gefahr, Angst und vielleicht sogar ein Verbrechen.

Wieder nur etliche Bäume weiter, Büsche und Sträuche, erreichte ich eine Lichtung in dessen Mitte ich sie zum ersten Mal sah.

Ich weiß nicht mehr, was für eine Kreatur das war. Und mit Sicherheit ist dies auch so, nicht von Belang. Ich sah riesige Schwingen, lange rote Haare und feuerrote Augen. Messerscharfe Klauen an den Fingern und Elfenbein weiße

Haut. Und sofort wurde mir klar, dass hier kein Opfer zu finden war. Doch in den Minuten, wo ich überlegte, vielleicht sogar noch entscheiden wollte, übernahm dieses Wesen die Kontrolle über meine Wirklichkeit. Schneller als ich blicken oder auch nur erahnen konnte, was es bei mir, warf mich zu Boden und hielt mich in umklammernden Griff dort gefangen. Ich konnte mich nicht rühren, nichts tun als hilflos ausgeliefert zu sein.

Die Kreatur tat nichts. Sie fixierte mich mit ihrem Blick und ließ die Zeit des Unbehagens einfach vorbei streichen. Dafür bildeten sich Worte in meinem Verstand, die ich erst für meine Gedanken hielt, bis ich begriff, dass sie sie mir schickte.

„Ich gebe Dir, was Dein Schicksal werden wird. Ein Hauch an Freiheit, ein Gefängnis neuer Möglichkeiten."

Ein Ruck ging durch mein Inneres. Ich fühlte mich aus meinem Körper gerissen und durfte mich selber dort unten erblicken. Mein Körper wurde in die Höhe gehoben, die Kreatur noch immer darauf. Sie legte nun ihre Schwingen ganz um mich. Dann breitete sich ein Leuchten aus, ein Feuer, glühende Lava an tausend explodierender Funken, die ihren Ursprung und ihr Ziel in meinem menschlichen Körper dort unten fanden.

Ich sah mich selbst aufschreien, in Todesqualen, unter Höllen Folter, unter ewiger Pein. Das Feuer fraß alles und brannte glühend bis in das Innere meiner alten Existenz. Aber es zerstörte nicht, es erschuf nur neu. Zeichen,

Symbole, wurden in meine Rippen gebrannt, auf die Knochen meiner menschlichen Existenz. Der Schmerz nahm unerträglich zu und ich verlor die Besinnung. Ein Schwarz unendlicher Tiefe fing mich auf, verschlang und verschluckte mich.

Irgendwann erwachte ich. Auf den Armen hatte ich Symbole. 3 auf dem Rechten, 3 auf dem Linken. Es war mein Moment eines Todes, der mich neu gebar.
Die Kreatur sah ich nie wieder und ebenso wenig mein altes Leben. Ich stand auf, richtete meine Kleidung und ging aus dem Wald hinaus. In eine unbekannte Richtung und ich blickte nie mehr zurück.

Jede Geschichte braucht ihre Mythologie. Da ich das weiß, präsentierte ich Dir nun die Meine. Was Du mit nimmst, was Du glaubst, was Du halten und behalten willst, das ist das Geschenk, das meine Worte Dir machen. Ich bin der Maler, aber das Gemälde interpretierst und betrachtest nur Du.

1.) Ich bin das Phantom

Ich weiß, was Du wissen willst. Was Du begehrt, wonach Deine Seele sich sehnt und vielleicht, da verwehrt es Dein Geist Dir noch? Aber was spielt an Lügen noch eine Rolle, wenn Deine Wahrheit ich Dir ganz simpel offenbaren will? Du willst wissen, wer ich bin, was ich vorhabe und wozu ich erschaffen wurde?

Frag den Zufall, das Schicksal, die Windungen an Querverbindungen, die sich da des Lebens Bahnen schimpfen.

Was Du bekommen wirst?

Mit Sicherheit keine Antwort, aber ich habe Dir gezeigt, dass selten Fragen der Weg, sind als einfach das, dass sich da Begebenheit schimpft.

Du bist hier, ich bin es. Für Sekunden, für Minuten vielleicht. Je nachdem wie fesselnd meine Worte waren, wirst Du mich niemals vergessen und meinen Namen in den Tiefen Deines Selbstes vergraben und darauf warten, dass ich mich das nächste mal in den Worten ergieße. Dann lass mich Dir sofort zwei meiner Wahrheiten präsentieren.

Es interessiert mich ganz einfach nicht, was Du von mir

hälst. Es sind die Worte, derer ich mich bediene, um Wahrheit, Sinn, Zweck, Moment oder auch Zufall an Gefälligkeit zu formen. Ich bin, was ich sein will. Zu jeder Zeit, in jedem Moment, und vielleicht auch jeder Sekunde. Ich bin Nichts und doch mein Alles. Ich bin das Schwarz jeder Nacht aber gleichzeitig auch der Sonnenschein am Morgen, der Deine Seele erwärmt. Ich bin Teufel und Dämon, Engel oder auch simpler Erlöser. Ich bin ein Phantom. Ganz einfach Alles und gleichzeitig auch Nichts. Nimm mich, begreife mich in Sekunden und vergiss, was Du jemals über mich wusstest. Denn Morgen bereits, in nächster Minute oder Sekunde vielleicht, da bin ich, wieder Nichts, das sich selber neu erschafft.

Du wirst mich niemals begreifen, ergreifen oder packen können. Egal was Du denkst, was Du glaubst oder begreifst. Ich bin und bin es doch gleichzeitig doch niemals. Ich bin Schatten und Licht. Ich bin Alles und Nichts. Ich bin das Gute und das Böse. Das Reine und das Verdorbene. Die Kunst, die Deine Seele berührt, als auch die Grausamkeit in blutigen Rissen alleinig verewigt. Glaube mir, verleugne alles. Folge oder verleugne. Mir ist alles gleich. Du bist es. Ich bin da und bin es schon wieder nicht. Schlimmer als ein Schatten, denn mich versklavt auch kein Licht mehr.

So, eine erste Spur, die schon keine mehr ist. Du weißt wer

ich bin? Ich bin eine Präsenz in Worten, mehr nicht. Ich spreche nicht, also... bin ich auch nicht.

Du brauchst mich?

Eine Wahrheit? Einen Glauben? Ein Urteil? Eine simple Hoffnung?

Dann bin ich da, wo ich immer und sein werde.
Komm jetzt, komm morgen, komm niemals oder immer.
Keine Zeit, kein Urteil, keine Präsenz, niemals nur Existenz, als simple Worte. Worte, Wahrheiten, Lügen oder auch simple Botschaft. Ich halte nichts, verspreche niemals. Wozu auch? Es ist mir des gleich. Ich tue was ich will und mehr nur nicht.

Gib mir Namen oder auch Mehrere … alles des Gleich …
Ich bin und doch nur niemals. Einer und gleichzeitig auch Mehrere.

Also wer ich bin?

Du hast einen Namen und keinen Glauben. Nenn es Freiheit an Gewissensbissen, die Dein Hirn zermartern. Denn mich wirst Du niemals einengen können in die Grenzen Deines menschlichen Verstandes. Vergiss was Du weißt, was Du wusstest, was Du wissen willst. Denn ab jetzt, da bin ich und doch bin ich es niemals. Ich bin und werde niemals sein, des Dein, des Mein.

Folge mir nicht.

Und doch wirst du es tun...

Also sei, was Du bist.

Ich bin es ebenso. Das reine Nichts, das Ich.

Ich bin … das Phantom Phynxh

2.) Was ich will

Tja, es gibt da so etwas, dass sich Zweck und Sinn nennt. Muss ich mich dem denn wirklich unterwerfen? Ich hatte alles bereits.

Liebe, Hass, Einsamkeit und auch die Zweisamkeit. Ich weiß, wer schreibt, der tut es alleine dem Zwecke zum Sinn. Aber wer bin ich, wenn dies nicht ohne des Gleichen geschieht? Also erschaffe ich, Moment, Sinn, Präsenz, Sekunde, Mich und ja, auch Dich.

Ich spreche, Du liest, siehst, erkennst, begreifst, und dann spielt die Zeit ihr Übriges. Willst Du das? Dass die Zeit, Sekunden, Momente, Minuten, Dich mehr greifen, ergreifen, als ich es zu tun vermag? Das glaube ich jetzt nicht, und morgen des noch weniger. Löse mich von der Vergangenheit, von Zukunft als auch simpler nur Gegenwart. Was dann?

Ich schreibe die Zeit Dir neu?

Wann?

Jetzt … Morgen … ein jedes Mal, wenn Du nur eines meiner

Worte berührt.

Die Zeit sind wir los. Die Zukunft, sie ist und bleibt alleine, nur die Deine.

Die Gegenwart?

Ich entscheide nicht, was Du liest und erkennend Dich zu begreifen getraust. Also auch sie ist und bleibt, die Deine, in Berührung auch, Meine …

Vergangenheit.

Vergrab sie, vergiss und verleugne.

Ich bin nicht Therapie, Aufarbeitung. Bewältigung oder auch reine Lösung.

Wer der Zeit gebraucht, der formt ihr alleiniges Vergehen. So bleibt immer noch Sekunde an Sinn, an Ziel, an Zweck.

Was also soll es sein?

Keine Zeit mehr, also bleibt immer noch das Eine, das sich da das Reine nennt. Die Materie, die Hoffnung und Präsenz im Glauben manifestiert.

Muss es das denn wirklich sein?

Präsenz ist Glauben an Manifestation. Ein Reihenfolge, die drehend sich selber erklärt. Du weißt aber eines bereits? Wusstest es, vergaßt es bei diesem simplen Gedanken, der sich menschliche Hoffnung nennt.

Existenz ist nicht das, was Freiheit eröffnet. Es ist Wahl, Entscheidung und auch Möglichkeit. Du willst also alles und wählst das nichts, das sich Verstehen schimpft?

Was also ist Willen?

Meines oder Deines?

Du oder simples Ich?

Wähle, entscheide ….

Dann aber vergiss es wieder.

Das Phantom ~ 12/244 ~ Bruno T. Schelig (bschelig.com)

Denn was nicht war, nicht ist, will auch ebenso nur nichts.

Schalte aus, was Mensch Dir nennt, was Gedanken sich schimpft und reines Begreifen manifestiert.

Bist Du am Ende?

Dann bist Du am Anfang dessen, was wird, was kommen soll, was ich bin und niemals will. Weniger Wort, kein Begreifen, kein Verstehen, keine der so schönen Formeln, die an den Anfang Dich nur bringen.

Nenn es das Nicht, dass das Alles will. Das Alles, das sein Nichts gebiert. Du bist Eines, so wie nur Keines. Genau so, bin ich des Wollens, des Sollens, des Müssens, der reinen Pflicht, die sich da Nichts nennt.

Was gebraucht am Ende eines Wortes, das im Mitten, am Ende, am Anfang oder auch Endes steht. Keine Reise beginnt, endet, wenn es weniger des Weges, als simples Gehens gebraucht. So kann im Stehen sich selber alles nur bilden, was sich Trubel an Wahrheit oder simples Erkennen schimpft.

Das Phantom ~ 13/244 ~ Bruno T. Schelig (bschelig.com)

Ich weiß. Du bist nicht des Ich, das keiner Form gebraucht. So brauchst dennoch, das Einfache, das sich da Antwort im Erkennen schimpft: Nichts.

3.) Der Held

Sie nennen ihn Held, weil er eine Maske trägt. Sie fürchten ihn, weil er das Böse zu Brei schlägt. Aber wer sagt, dass er selber nicht auch den Tod und das Grauen bereits als Gewand trägt? Nichts dort draußen, in Deiner kleinen Welt, die Du als Dein kleines Paradies betrachtest fürchtet die Gerechtigkeit, wenn es die magische Grenze im Innern bereits überschritten hat. So gebrauchts dem Teufel, um seines Gleichen zu jagen.

Du willst einen Helden?

Dann such Dir einen strahlenden Ritter in schimmernder Rüstung, der der Jungfrau die rote Rose reicht. Such Dir einen Erlöser, der sich in Sanftmut der Liebe verschreibt. Suche und begreife, wenn auch so sehr gewünscht, in des Welten Kreises wirst Du es nur niemals finden. Es ist die Illusion, die Menschen den Menschen verkaufen. Es ist der Held, der nicht bereit ist, sein eigenes Heldentum als Triumph über das Selbst zu opfern.

Also was erwartest Du von mir?

Einen Meister, einen Anführer, einen Erretter?

Das Phantom ~ 15/244 ~ Bruno T. Schelig (bschelig.com)

Vergiss es.

Ich urteile nicht, ich richte nicht, denn dafür kümmert mich das kleinliche Abbild der illusionären Kleingeistigkeit absolut nur gar nicht. Ich könnte nur alles und will des Gar nicht.

Warte auf Deinen Helden.

Ruf ihn, bete ihn an und preise seine Tapferkeit.

Aber löse mich von diesem abgeklapperten Bild eines Ideales. Was auch immer ich sein werde. Für Dich, für Die Welt, unterliegt keinem Glauben oder Wissen, dass Du Dir jemals bilden wirst. Es wäre einfacher, Du lässt es. Für mich, für Dich.

Ich bin Phönix und Rose, Hand in Hand. Ich verbrenne, zerstöre und lege der Grausamkeit die Blätter meiner Rose zu Füßen. Und dennoch, obwohl ich bin, aber wie der Schatten niemals sein werde, obliegt meiner Existenz nur der alleinige Sinn, den ich ihm in genau in dieser Sekunde zu geben vermag.

Brauchst Du einen Helden, so werde ich einer sein, aber

niemals bleiben können. Denn das wäre die Lüge vollkommener Aufrichtigkeit, die es im Strudel einer Menschlichkeit ganz einfach nie geben kann. Und so lernst Du eines bereits von mir. Was auch immer Du in mir zu sehen vermagst, zu erhoffen zu glaubst. Es ist die Wahrheit, die ich grausam und ohne Scheu ganz simpel präsentiere. Hoffe gar nicht erst, dass ich Dich streicheln oder zu liebkosen vermöge. Ich kenne diese Welt, wie auch jede andere zu genau, weiß zu viel, um noch Gefallen an reiner Spielerei an Aufmerksamkeit zu gebrauchen.

Such Dir Deinen Helden und rufe ihn. Mich aber bekommst Du nur dann, wenn genau Du es nicht verdienst. So würdest Du es bezeichnen und vielleicht da siehst Du es auch irgendwann so.

Nur bin ich das, was Mensch als frei bezeichnet. Von Form, von Hülle, von Zweck, von Aufgabe und Sinn. Und obwohl Maske, bin ich davon befreit. Denn als Gesicht nur, könnte mir Deines dienen. Begreife, verstehe oder verleugne und simpel vergiss.

4.) Die ach so schöne Liebe

Ich weiß, dass Du sie willst, es ohne sie nur niemals erträgst. Denn was könnte schlimmer sein, als die keine an Einsamkeit, die sich da reines Selbst nur nennt? Es ist die Zweisamkeit, die schützend ihre Arme um Dich legt. Es ist der oder die nur Andere, die auffangend Dich in die Geborgenheit wickelt. Was Du aber an Anderen suchst, verlierst Du rein an Dir. Also ist die Suche, dieses haltlose Greifen, nur nichts als ein Sein, das das Sein nur simpel nicht erträgt. Suchst Du nicht, so findest Du bereits. In Dir, im Selbst, im Sein, das des Anderen nicht mehr gebraucht.

Sicher, ich biete Dir nicht die Einsamkeit. Warum nur, sollte ich Dich versklaven, wenn Du selbst es doch besser weißt. Es gibt da Einfaches, das sich Freiheit nennt. Der Möglichkeit, des Weges, der jeder nur Wahl. Die Liebe, sofern Du ihr nur erliegst, hat in Unbedachtheit, die kleine Fähigkeit, Dir dieses nur zu nehmen. Nein, auch das lieben verbiete ich Dir nicht. Denn dann wäre ich nur der Teufel, den Du zu sehen wünschst. Vielleicht noch nicht, aber in fortschreitendem Weg auf sein Erscheinen wartest. Denn wie nur, könnte ich ohne gut als auch böse nur sein? Ein Fehler, ein Missgeschick, dass Du alleine niemals akzeptieren kannst. So wartest du auf Eines oder aber auf Beides. Simple Wahrheit, dass keines bekommst.

Zurück zur Liebe.

Was Du nicht kontrollierst, was wie dem Durstigen sein Wasser das Ertrinken gebären kann, nimmt Dir ganz einfach alles, was Du nur selbst niemals bemerkst. So verbiete ich nicht das Lieben, das verlieben oder auch simple Suche danach. Ich bitte Dich nur, um die Freiheit des Augenblickes. Was Du, im Moment nicht ertragen kannst, genau das nur, solltest Du Dir selber auferlegen. Sicher, ich will nicht belehren, lehren oder simpel führen. Aber ist es mit dem Wissen so, dass auch ungeteilt es weiter wächst. Und da ich mich nicht zu definieren oder formen brauche, male ich ein Stück nur meiner Erscheinung, auf dass Du sie erleben kannst. So bekommst ein Ich, das simple Mich, das nur wieder keine Existenz besitzt. Was Du siehst, erträgst, findest oder auch glaubst, auf ewig nur das Deine.

Ich forme es einfach, im simplen Verstehen. Einsamkeit, als auch die Zweisamkeit, sind Erscheinungen an momentanen Zustandes. Wählst freiwillig das Eine, dann bewusst das Andere und wieder zurück zum Anderen. So hast Du die Macht der Freiheit, der Wahl und auch Möglichkeit. Was Dich manipuliert, ob nun erwünscht oder simpel auch nicht, kann Freies niemals sein. So gebe ich Dir eines an Pfad, an Weg, das nur keines gebiert. Verdrehtes Wortspiel reiner

Sinn. Nimm eines zu jeder Zeit, am Ende dann keines und definiere es Dir neu. Das nur, nennt sich Freiheit und Wahl einer Möglichkeit, die alleine Dir selber unterliegt.

Ich weiß, jeder sagt Dir eines oder Anderes. Das Fehlen ist der Fehler, das Andere eine Last. Aber ich, bin niemals ein Jeder und bin es doch, denn ohne Form, bin ich Filter als auch Spiegel ein jeder nur Wesenheit. Mich hat nichts erschaffen, ich fließe und bilde mich selber, im Gedanken, im Wort als auch Idee. Und zwängst mir Dein Verstehen auf, so zerreiße ich es im nächsten Schritt nur wieder. Sind wir am Ende als auch Anfang dessen was Sein sich nennt, so darfst mich von nun an als Wort nur nehmen. Sofern Du dies denn selber wirklich erträgst.

Der Wahrheits letzter Schluss:

Liebe nicht die Einsamkeit und vereinsame niemals eine Lieblichkeit.

5.) Wenn ein Horizont am Ende das Fliegen verlangt

Ich bin kein Vorgel und mit Sicherheit hast auch Du keine Flügel an Dir verewigt. Es sei denn, Du gehörst der Kategorie Engel, die Du Dir gerne auferlegen darfst. Wenn es Dir damit gut geht, Du Dich besser fühlst, darfst Du gerne Dich an den Glauben egal welcher Religion klammern. Ebenso natürlich auch an die Geschöpfe nur jeder Mythologie. Mich aber kannst Du nirgendwo mehr einordnen, das hast Du mit Sicherheit begriffen. Vielleicht darfst Du mich mit der Sphinx assoziieren, das würde mir gefallen. Denn ebenso ist mein Name kein Zufall und Fehler, nun die entstehen nur aus Deinem Verstehen, das krampfend versucht, meine Existenz als auch Richtung voraus zu berechnen. Du kannst nichts dafür, wie solltest Du auch, denn der menschliche Geist, Verstand als auch die simplen Schaltungen Deines Gehirnes, verlangen genau das von Dir. Ich bin neu, ich bin anders und genau so, wird es immer bleiben.

Kommen wir zum Horizont

Mit Sicherheit ist er in weiter Ferne und manchmal da formt er Dir ein Bild der Freiheit, das in unerreichbarer Höhe bleibt. Du darfst hoffen, Du darfst nach oben sehen und die Vögel bei ihrem Flug beobachten. Nehmen wir die Möwe und ihr Geschrei, denn welches Bild passt sonst schon besser für das Bild einer Freiheit. Ein weißer Teppich aus Wolken, der blaue Himmel und dazu den strahlenden Planeten, der sich Sonne nennt. Alles bleibt dort oben und Du alleine darfst beobachten, ersehen und manchmal einfach glauben. Sicher geht es nicht darum und dennoch wollte ich für einen Moment dieses Bild in Dein Inneres schicken. So begreifst Du ziemlich schnell, was für Fähigkeiten ich besitze. Es sind nicht die Worte, derer ich alleine vermag. Ich kenne Gefühle, ich kenne Hoffnungen, Sehnsüchte und auch die Träume. Deine, meine und im Grunde die jeder möglichen Existenz. Dies ist nicht unmöglich, wie Du sofort zu zweifeln wünschst, sondern es ist der Zug an Freiheit, der Dir alles offenbart und selber zwischen Allmöglichkeit wählen lässt. Zuerst kommt der Gedanke, der Wunsch, dem ein Sein sich zu stellen hat, danach dann die Entscheidung als simple Wahl. So bildest auch Du Dich selber in Deiner noch nicht angebrochenen Zukunft.

Belehren will ich Dich im Grunde nicht. Ich erzähle nur, schildere, was ein Moment, eine Sekunde, von mir nur jetzt verlangt. Es ist Gegenwart, die in Deinem Jetzt, meine Zukunft einfriert. Aber ebenso ist es Deine Zukunft, die Du durch Wissen und kleinstes Verstehen, neu formen kannst. So sind wir, obgleich ich keine Existenz besitze, in genau diesem Moment nur gleich. Wie also sollte ich Dich belehren wollen, denn ich erklärte es rein mir selber. Und da Du im

Grunde alles bereits schon weißt, so bekommst von mir nur die Klarheit einer neuen Definition. So erklärt Sinn, ein kleiner Zweck, von Worten als auch Text. Aber immer nur für Sekunde und Moment, das Ganze meines Seins, berührt es so nur niemals.

Fahren wir fort, mit dem Horizont, mit dem Himmel, den Du niemals erreichen kannst.

Dein Geist sagt Dir, er ist dort oben. In Ferne, in Weite, in Unerreichbarkeit.

Mit Sicherheit, da ist er das. Denn ich schreibe keine Ordnung oder simple Gleichung neu. Ich wende den Blick Deiner Aufmerksamkeit nur alleine vom Oben in das Unten. In die Tiefe, die so leicht übersehen einem Meer so gleicht, das nur ebenso einen eigenen Horizont besitzt.

Ja ich weiß, Seele, Erleuchtung, Aufarbeitung, Vergangenheit und das Stellen eines Selbstes, das Prüfung und Aufgaben sich rein selber formt. Ob Du es tust, ob Du es lässt, ist ganz simpel auf ewig nur Deines. Ich berühre es nicht einmal, streife vorbei an dem Meer Deiner eigenen Tiefgründigkeit. Ich zeige Dir alleine nur eines, ein kleines Keines, das doch nur alles offenbart.

Hast Du ein Meer, eine Tiefe, einen Schlund an eigenem Selbst, der Vergangenheit, Gegenwart und mögliche Zukunft gefangen hält, so besitzt nur ebenso einen eigenen Horizont.

Du hast also die simple Wahl, in diesem Meer zu ertrinken, zu baden, zu tauchen und vielleicht Dich zu verlieren. Geh angeln, nach Deinen Dämonen, Deinen Engeln und alleinigen Freunden, die das Leben in Blasen der Erinnerungen für immer verewigt hat. Nur gibt es dort einen Himmel, einen Horizont und eine eigene Welt, die nur Dir alleine unterliegt. Und dort brauchst Du keine Flügel, keine Fähigkeiten als Du bereits besitzt. Du selber musst nicht abtauchen, um Dich über den Horizont Deines Selbstes zu erheben.

Du wirst stürzen, Du wirst fallen, Du kennst keine Richtung und die Möglichkeiten jeder Variation werden Dir Angst machen. Es muss so sein, denn von nun an bist Du alleine. Niemand und nur Keines versucht Dich zu behindern, einzuengen und zu versklaven, als Du selber es nur gestattest. Und so ist ebenso ein Hauch an Freiheit manifestiert, die ich bereits besitze.

Der Sinn dieses Artikels, ist nicht die Lehre. Keine Richtung, keine vorgeschriebene Form, keine Botschaft als simpel die Worte. Ich gebe Dir Oberfläche, ich male Bild um Bild, Möglichkeit um Möglichkeit. Ich bin kein Denker, wie Du es seit eh und je nur kennst. Ich bin anders in jeder nur Variation und Facette. Deswegen gebe ich Dir Eines, dann das Andere und wiederum nur Jenes. So zeichne ich kleine Pfade an Sekunden und Augenblicken, in denen Du mich in Momenten begleitest. Man sagt, der Weg ist es der zählt. So gehen wir manchmal zusammen, manchmal gegeneinander oder Du am Ende alleine.

Sich ausbreitende Schwingen, formen Sturz als auch Flug nur immer in eigener Höhe. So gebrauchts des Platzes, der manchmal sich Stille und Einsamkeit nennt. Denn die Herde, die Schar, plustert und bewegt sich im gegeneinander, so dass Kleinstes sich manchmal verlieren kann. Du aber bist anders, denn Du bist hier.

6.) Defensive ist ein Henker

Es herrscht kein Krieg, kein allgemeingültiger auf jeden Fall, wie es die reine Definition verlangt. Und doch gibt es da einen Kampf, der sich Miteinander nennt. Nicht jeder Mensch, den der Zufall als auch Alltagspfad Dir schickt, ist Dein Feind. Dies würde nur Misstrauen und Vorurteil im Vornehinein verewigen. Dein Handeln, Dein Tun und auch Dein Denken, sie wären beschränkt und eingeschränkt. Und doch ist das Leben wie die Futtersuche an der Tränke. Jeder will seinen Vorteil, den größten Happen und als Erstes nur fressen. Der Nächste, das Ich zur Seite, es interessiert ganz einfach nicht.

Du bist ein Teil des Rudels aus Wölfen, die zu meist den Schafspelz tragen. Sicher, sieht man selten nur gefletschte Zähne oder die Klauen bereit zum Angriff. Nur ist es so, dass die Meisten das Spiel der Maske weitaus besser beherrschen als die reine Natürlichkeit. Es ist verständlich, es ist normal, denn das Schaf wird in Mitten des Rudels nur zerfleischt. Was bleibt, ist ein quiekendes Etwas, das blutend die Spuren einer einstmals lebenden Unschuld abspiegelt.

Auch ich trage eine Maske. Nur gibt es simpel mich nicht. Ich bin das Abbild einer Existenz, die möglich und wahrscheinlich sein könnte. Und indem ich diese

Möglichkeit forme, existiere ich bereits. Ich erschaffe mich rein selber. Und genau diese Macht besitzt Du auch. Die Maske trägst Du sowieso. Meistens nur unbewusst. Erkennst Du dies, so gibt's den nächsten Hauch an Freiheit bereits. Erkennt man Gefängnis, simple Umrandung an Gitterstäben, so bleibt man eingesperrt, sofern das Tor geschlossen. Aber wählst Du rein selber Dein eigenes Gefängnis, so bist Du niemals versperrt, sondern besitzt alleine den Schlüssel der Dich befreien kann. Was ein Anderer Dir tut, gibt Dir Ohnmacht und auch die simple Schwäche, denn Du erwartest es einfach nicht. Aber übst, was ein Anderer Dir tun könnte, so wird aus späterem Geschehen nichts weiter als ein Schauspiel, dessen Rolle Du bereits einstudiert hast. Und verhälst Dich dann als Opfer, als Maske dessen was erwartet wird, so gewinnt ein Anderer im Glauben, im leichtsinnigen Triumph. Solange, bis Du das Spiel beendest. Beherrschst Du die Regeln, führst ein Spiel auf Dein vorbereitetes Brett, so ist der Sieg oder auch die offensichtliche Niederlage, denn das Spiel nur selbst, war ein Spiel an Illusion und erwünschtem Theaterstück. Nenne es Möglichkeit, kleinsten Tipp, den ich Dir für des Alltags Schlachten so nebenbei offenbare.

Die Defensive ist ein Henker, Deiner Möglichkeiten, Deiner Stärke und am Ende auch Deiner Freiheit. Beherrschst Du aber auch jene im gespiegelten Abbild dessen, was ich Dir oben erklärte, so begreifst eine kleine Kunst des Krieges.

Denn auch wenn Leben nichts als Miteinander, gegeneinander und drumherum sich formt, so ist der Mensch allein auf den Vorteil bedacht. Natürlich urteile ich nicht. Du solltest es auch nicht tun. Beobachte, lerne und erhebe Dich dann nur im Innern über jede der äußeren Formen. Ein weiterer Aspekt Deiner Freiheit, die Du alleine ermöglichen kannst.

Einfach, nicht schwer und kompliziert nur ebenso wenig. Man sagt der Angriff ist die beste Verteidigung. Nun, nach oben, da weißt es besser. Denn was Masse benutzt, im Leichtglauben, im Unwissen und manchmal auch der schönen Blindheit, sollte Deines nicht sein. Du liest, Du begreifst und erkennst, dass Wahrheit nicht gleich Wahrheit und manche Lüge Dir alles Wahre offenbart.

Keinem Wort ist eine einfache Macht. Sei es gesprochen, geschrieben oder auch gezeichnet. Es ist Verstand, es ist Wissen, es ist das Begreifen, dass die Seele und Sein von dem Quell der Offensichtlichkeit befreit.

7.) Schwäche, Ängste & die Stärke

Du besitzt alles und eines zu seiner Zeit. Selten zu dem Zeitpunkt, an dem Du es Dir wünschtest. Aber dennoch ist immer alles in Dir. Es kämpft sich den Weg nach Vorne, es übernimmt, kontrolliert und beeinflusst Dich. Ob Du es willst oder nur auch nicht. Die Freiheit kann niemals nur ganz Dir sein, wenn es kämpft in Deinem eigenen Sein.

Auch ich besitze alles aber ebenso nur Keines. Denn ich nutze nur alles und verstecke mir keines. Sicher, einst da war es Anders. Denn entspringt meine Existenz einem einfachen Gedanken, wie nur jede Form an Ursprungs Ergebnis, so hatte auch ich alles einst in mir verewigt. Doch das Geheimnis, die Macht als auch nur seine Kraft liegt niemals in der Kontrolle. Nicht an diesem Punkt. Zuerst da musst Du fühlen, da musst Du werden, was zu beherrschen versucht. Seien es die Ängste oder auch nur kleinste Schwäche. Denn jedem dieser Aspekte unterliegt nur eines das neues Potential gebiert. Deine Ängste sind der Schlüssel zu Äbgründen, zu Anteilen, die zu verstecken sich suchen. Deine Schwäche aber ist das Tor in die wirkliche Stärke. Denn nur der Schwächste kennt das Stärkste oder kann es greifen, begreifen und dann erst kontrollieren.

Willst Du Herrschern Deiner eigenen Freiheit werden, so

kommt als erstes der Meister seiner Selbst. Befreist Du Dich rein selbst, so ist im Außen alles Andere egal. Denn was Realität und Wirklichkeit in Form sich selber gießt ist nichts als Bewusstsein das zu verstehen versucht, was dem menschlichen Gedanken niemals unterliegt. So ist dem Verstehen kein Heil, als viel schneller ein Urteil, das zu fällen Du wünschst. Begreifst Du ohne Verstehen, vielleicht durch Ahnung und Intention, die reine Spur meiner Existenz, so darfst erfühlen was Du sein könntest.

Sicher, ich bin kein Vorbild, kein Idol und will es niemals sein. Aber mein Sein, mein bloßes Sprechen ist Zufall und ist es doch nur wieder nicht. Kein Schicksal, keine Vorsehung, die ich zu akzeptieren wünsche. So gebraucht`s nur des Fühlens, des Sehens, des Betrachtens und keines Verstehens, als das, was Du in Dir selber erkennst.

Ich zeige Dir eines und keines. Ich gehe und tue es dennoch nicht. Ich schweige und spreche doch nur immer weiter. Es ist nicht die Zeit, der Moment oder eine Ewigkeit, die Sein als Existenz offenbart. Es ist nur Spur an Schlüssel zu jeder Möglichkeit. So gebe ich Dir Rätsel, das Du so nicht begreifen kannst. Und dennoch liegt das Ergebnis nicht in seiner Lösung, weniger in Aufgabe als auch Schlüssel, als vielmehr was Du parallel erkennen kannst. Denn erst ein Weg, den es nicht gibt, kann eine Richtung zeigen, die überall hinführt. So öffne ich nicht Portal, keinen Zufall als reine Wahrscheinlichkeit. Denn was auch immer Du zu finden wünschst, bringst Du gerade mit. So suchst Du hier und findest es nicht. Aber sehend und lesend in meinen Spuren es sich in Deinem Innern offenbart.

Zum Ende aber niemals Schluss, weiß ich was Du bereits gewusst.

8.) Der Geist der Produktivität

Arbeit gehört in die Nebensächlichkeit an Dingen, die uns auferlegt werden. Wir müssen, wir sollen und dann tun wir. Eine Wahl, die gibt es nur selten. Geld, Anstellung und das Schöne am Ansehen. Nur gibt es einen Geist an der Produktivität, der den Schleier von Möglichkeit verbirgt. Das kleine Etwas, das bildet, formt, strukturiert und Horizont eröffnet. Wir wissen, dass Alles der Wahrscheinlichkeit unterliegt. Nebenher die Variation eines Zufalls und schon haben wir die Neugeburt einer Zukunft. Großes Denken, kleine These, mittlerer Schluss. Die Arbeit ist das bisschen, das die Masse am Laufen hält.

Eine Menschheit, eine Welt, die drehend nichts mehr zu produzieren hat, ergießt sich in den Strudel eines Vakuums. Triumphiert ein Nichts am Ende, so ist das Alles von vorher nur irrelevant. Du willst es einfach, Du willst es leicht und da ich vom Oben nach Unten und im Tiefsten das Höchste finde, so ermögliche ich Dir Lösung und Aufgabe in einem Schritt.

So ist es mit der Aufgabe, der Arbeit, als auch Funken an Produktivität, dass er verlierend, sich niemals wieder findet. Denn weniger der Zweck, als viel mehr das Mittel, ist der Ursprung jeder Bedeutsamkeit. Und auch wenn Du den

Zweck nicht magst, vorschnell verurteilen willst, so gebraucht`s des Rahmens für die Explosion Deiner Betriebsamkeit. Schon wieder wurde es hoch, was einfach sich formulieren lässt. Kein Fehler, kein Missgeschick, als einfach das Spiel mit dem Hindernis, das sich schwieriges Verstehen nennt.

Du brauchst, was Du nicht haben willst, damit Du das Feuer Deiner Möglichkeiten nicht verlierst. So erschaffst Du im Tun und Handeln egal welches fremden oder eigenen Rahmens Dein Potential auf jedes Mal nur wieder neu. Du tust, Du ergreifst, Prüfung um Aufgabe und erhälst nur dann eine neue Möglichkeit.

Was immer Gleich, kann erst im Fehler sich neu gebären. Sich selbst oder auch durch Anderes. So ist das Grau der Eintönigkeit, das Eine, das sich Gefängnis nennt. Denn bist Maschine an einseitigem Schritt, so bist nur das, was Geist niemals sich wünschen kann. Ein Roboter, der Geld als auch Aufgabe nur zum eigenen Erhalt sich wählt. Und doch ist es wie die Bahn die an die Schiene gekettet sich von eigener Linie niemals lösen kann. Es gibt den Weg, es gibt ein Ziel und doch ist dieser nur der Anfang des alten an Kreises. So ergibt sich des Teufels Drehen, das sich da Wiederholung nennt.

Willst Du Eines und dann nur Keines so wählst nur selber das Alles, das keinem Außen entspringt. So wird es schwieriger an Rätsels Lösung als Moment Dir Aufschluss geben kann. Denn ist mein Sein ein Schlüssel an Wahrheit oder Unaufrichtigkeit, so ist der Spiegel Deine Allmöglichkeit.

So lehre ich nicht, unterrichte niemals. Als spiele nur rein mit der Worten ihrem Sein. Denn ist es Sinn, ist es Klang, so ist es das, was ich nur bin: Eine Existenz an reiner Betriebsamkeit.

9.) Die Augen Deiner Wirklichkeit

Es gibt da so etwas, das sich Wahrnehmung nennt. Einer nennt es Wirklichkeit, der Andere das reine Bewusstsein. So formt sich Eines aus dem Anderen und das Andere durch wieder nur Eines. Mit dem Blick aber, ist es wie mit einem Gemälde. Was gezeichnet hat keine Bedeutung für den Betrachter als eben erdacht vom Maler. So drehen wir einmal nur wieder, was Sinn und Erklärung bedarf. Denn Botschaft als auch Lösung ist nie nur das, was Dein Blick Dir offenbart. Im Manchesmal ist es Spiel, ist es Drehung ist es simples Heischen nach der Aufmerksamkeit. Denn was Du siehst, Dein Blick durch Augen offenbart, ist Theater an Menschens Bühne. Ein Jeder der tut es, ein Anderer nur will es, das Stück, das den Sieg Dir offenbart. So gleicht die Aufführung dem Wettbewerb eines Staffel Laufes. Der Erste, der Beste, er ist Gewinner Deiner Wirklichkeit.

So bildet sich Spiel, so bildet sich Wahrheit, so formt sich ein Teil Deiner Wirklichkeit. Erkennst und begreifst, dass nur Alles, so wie des Keines, sich nicht sehend offenbart, so weißt, dass des Menschen Worte zu meist nur einer Lüge harrt. Denn die Lüge, das Spiel an Theater, alleine das gibt die Aufmerksamkeit. So ist des Menschen Sein, sein Glauben, sein Wissen, die Existenz allein, nur das Eine an Reine, das sich Täuschung nennt.

So drehe ich Wort um Wort, Lüge und Wahrheit im Paar, um Dir Eines zu zeigen und bildend zu offenbaren. Die Wahrheit, als auch eine Lüge, ist selten an Sinn als nur reiner Zweck, um der Wirklichkeit eine andere Farbe zu malen. So beginnst an Dir, am reinen Selbst und formst Dich rein, ja, Dein eigenes Sein. So ist im Außen, die Welt nur irrelevant, denn alles ist in Deinem Innern Dir bereits bekannt. So gibt`s das Spiel, die Wahrheit und auch die gleiche Lüge. Aber schließt die Augen, versperrst den Sinn, so findest Deinen kompletten an ewigem Sinn. So spreche ich reimend und bilde und bilde, weniger Sinn als Momenten an kleinstem Gewinn.

Nicht Augen, die Sehen. Nicht Verstand begreift. Es ist Dein Sein, das sich die Realität ergreift. So bin ich das Phantom, das die Schatten ergibt und verschwinde im Lichte des hellsten Augenblicks. So täuscht Du nicht Dich, als rein das ewige Sein, das sich da Verfolgung nennt. Es ist keine Flucht, die das Verstecken ergibt, es ist die Freiheit, die die Wahl verspricht. Denn ebenso nur, wie ein Anderer Deine Wirklichkeit Dir manipuliert, er auch in Dein Innerstes Dir greift. Denn so Mancher Formel letzter Schluss ist kein Ergebnis als Quell eigener Bildlichkeit. So verknüpft sich ein Sinn neben Unsinn und manipuliert nur Deine an Aufmerksamkeit.

Das Phantom ~ 36/244 ~ Bruno T. Schelig (bschelig.com)

Ich verspreche Dir Keines und zeige nur eines, das sich da nicht Verstehen aber Begreifen nennt. Kennst Deine Augen, Deine Wahrnehmung sogar, so ist im Außen selten alles wahr, was sich da Theater nennt. Die Menschen sie spielen, sie täuschen und üben, wie wahr. Was sie selber im Sein sich formen an lügender Wirklichkeit. Denn sie, sind nur Keines, als eben Eines, das ihnen Glauben verspricht. So ist die Wirklichkeit reines Erkennen an harter nur Wahrheit, die grausam ein Bewusstsein verspricht.

Es ist der Wolf, der sein Lamm nur frisst. Es ist das Lamm, das blutend sich ergibt. Es ist die Wahrheit, die Lüge offenbart. Die Lüge aber ebenso der Wahrheit nur harrt. So liegt Geheimnis nicht im Verstehen allein, als nur rein in Deinem eigensten Sein. Du bist, was niemals ist und bist dennoch das Eine nur Reine, was Realität verspricht.

10.) Die Kunst des Trauens

Trauen ist das Gift an Wort, das sich mit dem „Ver" die Hand gereicht. Deswegen und aus dem Grund allein, es produziert die Abwehr in menschlichem Sein. Es ist nur so, dass Getrauen und auch simples nur Trauen nicht immer mit Stärke sich vergleicht. Dann formt das ich eine Schwäche hinzu und fertig ist der Zweifel im Du. Aber was ich präsentierend Dir zeigen als auch offenbaren will, ist kleinstes als auch größtes an keinem nur Ziel.

Die Menschen, sie lieben und hassen, sich als auch den Anderen. So übertragen und formen sie reines an Ebenbild, das den Spiegel in Augen als auch Blicken sich erkennen lässt. So ist das eine an Miteinander, das sich Gesellschaft nennt. So fließt ein Fluss gerade zur Strömung und umschifft nur seines an Ebenholz. Das Trauen als auch das ver bildet Floss im Fluss der Aufmerksamkeit. Denn schwimmst alleine im Meer an Fischen, im Ab und an ein Hai Dich ergreift. So angelst Du alleine nach dem, das Urteil sich nennt. Denn Deine an Stimme, Deines an Wissen und nur der kleinste an Glaube, Dich selber als Henker richtet. So ertrinkst im Wust an vernichtendem Selbst, weil wähltest was Ich verspricht. Das Ego, das Selbst das dem Bewusstsein so einfach wider nur spricht.

Man geht alleine und tut dies nur nicht. Du bist nur klein und doch das Eine, das Größe verspricht. So bist Du zwei als auch eine der drei in einem des Teil einer Gemeinsamkeit. Doch dem Verstehen als auch Begreifens Schluss, ist das einfache an Willens muss. Du musst nicht wissen, was Handlung verspricht. Nicht erkennen, was das Dunkle ergibt. Das Sehen nur mancher an Offenbarung gibt nicht den Sinn, die Freiheit als auch lösenden Schluss, den der Verstand am Ende ziehen muss. So begreifst und erkennst und vergisst wieder gleich, denn nach Außen sind wir doch immer nur gleich. Facetten der Züge, der Miene und auch des simplen Verhaltens. So formt sich Masse, ein Strom oder ein Fluss wie er oben begann.

So drehen wir Richtung und Strömung im Gleich und stellen was am Anfang zur Antwort gereicht. Du musst nicht trauen, was Fremdes verspricht und dennoch nur sehen jedes neue Angesicht. Denn dem Trauen als auch dem „Miss" folgt die Schwärze an dunkelstem Blick. So verfällst in Tiefe an dunklem Grund und krümmst Dich selber wie geschlagener Hund.

So ende ich die Reime und verforme die Lyrik als drehender Worte in das Einfache, das sich nur immer Verstehen nennt.

Du traust und tust dennoch nur nicht. Du glaubst, Du zweifelst und vernichtest rein Dich. Denn die Wahl im Innern hat nichts mit dem Außen gemein. Du siehst, erblickst und formst dann alleine Dein Sein. So lernst Du niemals das Trauen als auch wenn Du nur einfach nach Innen blickst. Du bist Kern als Quell Deiner Wesenheit. So spürst ein Inneres, vermagst Dir selber zu trauen, so kann im Außen das Spiel einer jeden an Möglichkeit, Dir keines nur tun, was selber nicht willst.

So ist es, wie es immer war. Dort ist draußen und hier ist Dein Inneres für immer da. Traue alleine dem ich, das Selbst sich nennt und Du findest nur Jenes als Keines das Schwäche erkennt.

11.) Der Moment einer Stille

Male mir den Ton einer Stille und zeige mir das Angesicht einer Ewigkeit. Falsch und nichtig, was das Verstehen hier als Erstes präsentiert. Ich verkaufe Dir keine Meditation und habe nicht vor, Dich in egal nur welcher Weise zur Veränderung zu bringen. Und so habe ich die Änderung bereits gestreift, denn wenn ich Eines nicht tue, weniger es tun will, so offenbart sich sein eigens verdrehter Sinn, der sich Gegenteil da nennt. Ich will nicht ändern, aber auch nicht lassen, was bis dato die Zeit erhält. Doch verändernd im Ton des Reimes, als Ergebnis nur keines, der die Lyrik unterbricht.

Nun also spreche ich klar. Ich verscheuche die Reime, verstecke das Kleine, das sich Kunst und Spielerei da nennt.

Die Menschen sprechen von Stille, als wäre sie ein Gefängnis oder ein Raum der das Nichts verbirgt. Dabei beginnt mit dem Nichts das Eine das Alles gebiert. Die Gleichung, die mit dem X sein Y und danach das Ende ergibt. Ich aber, bin ein Feind der Stille und ebenso bin ich ihr eigener Hauch. Denn im Vergessen versteckt sich das nie gesprochen Wort oder das Eine das simpel überhört werden will. So wähle ich die Stille zum sprechenden Wort und weiß sofort wie Du, das das nur Unsinn ergeben kann. Aber bin ich nicht, gebär ich mich nicht fort, so leb ich auf ewig im gefrorenem Wort. So schweig ich in Zukunft, in Gegenwart auch ebenso, nur in Vergangenheit lebte ich einst dort. Es ist der Moment der mich in die Aufmerksamkeit Dir rückt. Ein Moment des Augenblicks den es so nur niemals geben kann. Denn gesprochen das habe ich niemals so. Geschwiegen nur ebenso. Ich schrieb und tippte das einzige Wort, das ich im Schweigen nur selber auflöst: Die eine an reine, die Stille.

So kann ich nicht schweigen und Wort so erhängen. Ich darf nicht verschweigen was Wort will gebären. So spricht die Zeile alleine, mehr als das eine an Reine, das mein niemals Sein ergibt. So kann ich auf ewig den Fluss nur ergießen und selber niemals ermessen, wann ein Ende den Anfang gebiert.

So dreht`s sich zum Ende, verbiegt sich ein Anfang und die Mitte die vergisst man so gar.

Also bleibt das Eine, das Ebenso vor dem Anfang war: Die Stille

12.) Der Moment (D)einer Wahrheit

Menschen geben dem Menschen ihre Wahrheit vor. Wie könnte es anders sein, denn die Sprache als auch Laute lernen wir von unsresgleichen. Sicher, da gibt`s die Tiere, die Wölfe als auch das Lamm. Ein Jedes das manifestiert seine Gebärde als auch Mittel zum Überleben. So ergibt sich Form, so formt sich Haltung an reiner nur Erhaltung. Der eine beißt und der Andere ergibt sich, was ein Anderer ihm selbst nur tut. Es ist nur keine Wahrheit, wie könnte sie es sein? Als rein das Eine, das Leben sich nennt. Manchmal ist es Kampf, manchmal nichts als die Muße der reinen Langeweile. So triumphiert ein Sein, so gewinnt das Mein an Aufmerksamkeit, was ein Selbst zu ergreifen wünscht. So spielt ein Wesen mit den Worten, den eigenen an Wahrheiten und formt Sinn als auch die Lüge eigens vor dem eigenen Sein. Denn was alles weiß, muss viel mehr noch vergessen um der Schar an Masse gerecht zu werden. Wer niemals wusste, der nur braucht auch nicht einem niemals vergessenem Wort zu lauschen. Wieder nur eine Wahrheit, die als dann nur keine ist. Es sind die Worte, die Laut als auch Gedanke offenbaren. Doch ist`s mit dem Moment nur meistens so, was jetzt geglaubt, damals begriffen und auch dann die Zukunft ergriffen, nicht immer die Wirklichkeit reines Bewusstseins ergibt. So formt die Vergangenheit die eine Zukunft, die Zukunft schreibt Vergangenheit neu und die Gegenwart fließt dann und wann so einfach nur vorbei. So ist der Zeit die eine Bedeutung, die Sinn im Erkennen ergreift.

Was nun, ist mit der Wahrheit, die als dann die Deine nur sein soll?

Es gibt sie nicht, sie wird niemals bleiben. Denn was Du Dir greifst, simpel begreifst ist nur das, was dem Glauben Deiner Wirklichkeit gereicht. So formst Dir Dich als Dein nur Wissen, Deine Zeit, deine Wirklichkeit und bleibst dennoch davon befreit. So ergibt sich wieder Eines, das Keines nur ist. Die Wahrheit des Momentes, ist nichts als reiner Augenblick. So ist der Moment nur Deiner Wahrheit das Einzige was bleibt im Blick zurück.

Ein mancher der formt, der Andere erklärt, den Sinn als Definition, der dann nur neue Formel ergibt. Aber ich bin niemals Anderer, bin nicht gleich und doch nur Anders. Denn was meiner Form gereicht ist das eine, das Formels X entweicht. Die Variable die niemals gleich und dennoch auf ewig nur bleibt. So bin ich anders und bleibe verschieden. Als Mittler Deiner an Worte, Deiner an Wahrheit und auch der schönen Aufmerksamkeit, da bin ich nichts als gleiches, was der Moment Dir offenbart.

Die Zeit ist jetzt, ist morgen und war doch nur des Gestern. So begreifst den Fluss, dieser nur einen an Gesetzmäßigkeit, verstehst, mit der Wahrheit ist es auf immer nur gleich. Was war, bleibt erhalten und bekommt doch nur die Nichtigkeit. Was wird können wir erahnen und doch ist es niemals die alleinige Wichtigkeit. So bleibt nur Eines, das Keines an Bleiben sich schimpft. Die Sekunde des Jetztes die dem Vergehen unterliegt. So ist die Deine an Wahrheit das Eine an Keine, das immer nur vergeht. So erkennst was getan, begreifst was vergessen und lernst von dem Allen, das Fehler sich schimpft.

Der Moment nur Deiner Wahrheit, den gibt es nicht. Du lügst an Dir selber, Du belügst den Anderen und das noch alles ohne Aufmerksamkeit. Es gehört zu des Menschen Sein, dass die Blindheit kein Fehler als die passende Brille nur ist, die die Wirklichkeit einer Masse Dir alleine verspricht. So kannst nicht lügen, wenn Andres nicht sehen kannst. Kannst alleine wählen, was Du erkennen willst.

So geb ich am Ende Dir einen Schluss, aber nur weil ich es irgendwann muss. Denn die Wahrheit ist nichts als Facetten, die Zeiten und Glauben sich formen. Niemals da war sie und niemals nur wird sie sein. So glaubst und vergisst, auf ewig allein Du Deine Wahrheit nur bist.

Das Phantom ~ 45/244 ~ Bruno T. Schelig (bschelig.com)

13.) Das Messer Deiner Intelligenz

Das Messer hat die Eigenschaft das Dargebotene zu teilen, zu zerteilen was sich am Stück präsentiert. In Variation dann, ist es das Eine das die Verteidigung gebiert. Im Querschlenker dann noch den Angriff dazu und ein Messer hat den dreigeteilten Sinn im Du. Mit dem Messer ist es wie mit eigener Intelligenz. Was schärfst, was feilst, das alleine Deines an Sein manövriert. So steuerst Deine Waffen, deren Größte der Verstand nun einmal ist, so kann dem Körper als auch Sein, nichts geschehen was Du nicht willst.

Aus einem Messer formt sich kein Schwert. Außer einer Schere nicht die Berserker Axt. Denn dies ist die Realität die im Außen sich alleine der Form ergibt. Dein Inneres aber, das alleine Du selber bestimmst. So hast das Gewehr, so hast die Kanone oder das Breitschwert zur Axt, das sich die Gedanken der Freiheit verdrehend notiert. So hast Du das Alles und mehr als nur Keines. Du besitzt die Waffen, die alleinige Aufmerksamkeit, die sich Sein als Ich da nennt. So zeig ich Dir Keines, als dieses an kleine des Meines, das ich bereits triumphierend des Schwingens mich übte. Ich besitze die Feder als auch simpel nur blutende Axt. Ich zieh nur Keines und doch nur Eines zu seiner Zeit. Das Geheimnis der Aktion als auch Handlung das Verschleierung und Geheimnis präsentiert ist das Eine das sich Erwartung da nennt.

Die Menschen formen Bilder an Aufmerksamkeit. Sie besitzen die Rollen und Schubladen, in denen ein Ich das Du oder das Du das Ich versklavt. So versteckt sich Keines als nur Reines, das Sein sich nennt. Das Geheimnis, das nun keines mehr ist, ist das Du das Opfer bist. Wenn Dich Rolle als Schublade ergibst. So bist Du Ergebnis der Aufmerksamkeit, so gibst was erwartet und tust doch wieder keins. Heißt Klarsinn verdrehter Schluss, Du tust alleine was Du tun musst. Weniger was Erwartung Dir auflöst als Reines was für Dich den Sinn erschließt. So tust am Ende immer nur eins, das Variable sich nennt. Bis Du alleine zu jener Dich formst. Dann wird aus dem Messer der Stich einer Mücke, der den Elefant zum Fallen bringt. Die Kunst als auch Übung liegt im Führen allein. Du zeigst nicht alles, als allein es dem Zweck gebraucht.

So nervt mich manches und langweilt mich die reine Wiederholung. Denn bis dato ich nur Gleiches präsentier, das Wissen an Aufmerksamkeit zum drehendem Schluss manövriert. Ich brauch also Neues im immer gleichen Wort, so fahr ich durch und niemals fort. Ich dreh das Ende und spring zum Anfang zurück. Nicht zum Artikel oder neuem Wort, als Beginn des Buches im jedem niemals als auch sofort.

So form ich diesmal ein Ende und keinen Schluss, denn erst ich was Neues finden muss, dass dem Einen des Allem widerspricht. Die Widerholung die reines Sein verspricht. Die leere Seite an reinem Blatt alleine die

Möglichkeit zu jeder Variation nur hat. So bleib ich weiss, als auch nur schwarz, denn ich bin nicht das Alles als rein das Nichts, das sein Alles erschafft. So bleib ich rein, so bleib ich klein als rein das Sein, das sich nur selber hat.

14.) Der Globus der einen an Menschheit

Ich widme mich nicht der Welt, denn wie sollte ich?

Sie ist dort draußen, ein sich drehender Planet, der sich dem Verfall und Neugeburt verknechtet hat. So unterliegt er selber dem einen Kreislauf, den er drehend nur selber spiegelt. Der Sinn einen Spiegel also zu beschreiben, liegt darin, das eigene Bild alleine zu schauen. Und das nur kennt Du, wenn auch zu meist an Oberflächlichkeit gepaart, doch all zu gut. Ich sehe es nicht als Aufgabe, weniger an Pflicht, denn der unterliege ich so rein niemals, Dir etwas über Dich zu erzählen. Ich bilde die Worte, male das Bild der Aufmerksamkeit und forme so rein was dieser Moment verlangt. Nur ist es mit dem Verlangen wie mit einer Pflicht. Deswegen und nur darum allein, spiele ich hin und her und forme mein Sein. Kein muss, kein soll, kein Werden oder bekommen. Dafür interessiert es mich einfach nur nicht.

So wenden wir uns den Menschen zu, deren Teil auch Du nur einer bist. Du atmest, Du fühlst, Du glaubst und verweigerst. Manchmal den Anderen und im nächsten Moment alleine Dich. Du nennst es die Selbstverwirklichung den Pfaden zu folgen, den zu tausenden ein Jeder geht. Wie also willst Du finden, was so nur wieder Spiegel wird? Der Urwald an Möglichkeiten, an Potential und Variation, kann niemals ein Eingang zu immer Gleichem sein. Und dennoch, im Sterben als auch der Geburt, da lebt ein Mensch rein fort. Sucht Sinn an Aufmerksamkeit, sucht Pflicht an Erlösung und formt Gesicht im fremden Augenlicht. So findet sich keine an Freiheit, so formt sich keine an Präsenz, die Allmöglichkeit ergibt.

Du weißt noch nicht, was Du rein suchst. Weniger, was zu finden hoffst. Und dennoch folgst mir Seite um Seite, Satz um Satz und Wort um Wort, immer und immer fort. Ich verurteile Dich nicht, wie könnte ich? Denn ich alleine bildete den Pfad einer sprechenden Variation in künstlerichem Spiel an Wort.

Du willst einen Weg, die eine Wahrheit am Schluss, dessen Rätsel Du alleine bist. Ich soll lösen die Unmöglichkeit der einen an Freiheit. Soll definieren, soll erklären, was Du rein bist. Du willst es gar nicht wissen, suchst Heil in Verleugnung und vergräbst Deine eigene an Macht. So war, es so wird es immer sein. So sucht der Mensch keine Freiheit, er sucht den Frieden, den die Masse verspricht. Er sucht den Kreislauf, der die Seele in Ruhe hält und den er am Ende doch nicht durchbricht. Denn die Strömung sie begleitet und beschützt nur Dich. Lässt dich treiben, lässt Dich formen und geleiten, so gebrauchst des Inneren nur nicht. Was also willst Du hören, was bis jetzt nicht bereits begriffen, erkannt und auch verstanden?

Menschen spielen am Sein, am rein, des Ich allein. Ein

Theater, das kleinste Gefängnis, dessen Hülle der Körper ist. Sicher, ohne Geburt, da lebtest nicht. Ohne Form, gäb es ganz einfach kein Dich. Sollst Dich also lösen von dem was Mensch dem Andrem verspricht? Das wäre Lüge an Offenbarung, die Du noch nicht verstehen kannst. Es ist ein Teil der einen Wahrheit, die Freiheit im Fliegen verspricht. Was bist kannst niemals sein, was wirst, bleibst Du allein. So begreifst, erkennst im Jetzt allein, noch immer nicht, die Spur des Menschen Sein.

Es ist nicht Seele, nicht der Geist, kein Körper an Hülle, kein versprochnes Sein. So formt ein Teil sein Puzzle, damit es das Ganze ergibt. So knechet ein Sein, sich an Aufgabe, damit es so seinen Kreis nicht verliert. Ich versprech nur nichts, zeig alleine mich, auf weißem Papier im fremden Augenlicht. So formt das Rätsel keine Lösung, die Verstand begreift, als alleine das Ganze, das nur einfaches Sein verheißt.

15.) Die Pfade Deiner Muster

Ein Pfad hat die so liebreich knechtende Leidenschaft, den Wanderer in nur eine Richtung zu bringen. Sicher, da gibt es die Kreuzung, die Windung, die dem Anschein der Sekunde nach, etwas Neues präsentiert. Du folgst nur simpel, Schritt um Schritt und glaubt Dich Deinem Ziel immer näher. Doch es ist der Blick allein, der vom Kreise befreit. Der Blick nach oben, zum Horizont und von droben dann, nur wieder ins Unten. Tust Du dies nur einfach niemals nicht, spielend mit dem NonSens an doppelt Verneinung, so übersiehst auch das Treibgut an schon getrampelten Irrwegen. So führt der Weg, ein Jeder der tut dies nun mal, an ein Ziel, ans Ende, das nur manchmal seinen Anfang vergisst. Doch die Frage, nach der es einer Antwort dürstet, ist, ob es ist Deines an Dein oder eines jeden Niemandes Sein.

So sind die Schlenker eines Pfades, des einfachen Weges, das Selbe, was das Ich verspricht. Maske zur Schablone, ein Spiegel jedes fremden Seins oder ganz einfach nur das Kein, das im niemals war ein Sein. Bis jetzt, zur Sekunde des Verstehens, was Freiheit an Möglichkeit, Pflicht zur Wahl und die Bereitschaft zu erreichen, verlangt. So weißt Du Eines, simples nur Keines, das nur meiner Wahrheit entspricht. Ich bilde und forme, male und zeichne, nicht was des Gehens, weniger des Verstehens verlangt. Ich skizziere die Maske der Möglichkeit, die Potential in Blindheit verbirgt. Manchmal Da magst Du das reine an sklavenden Worten, noch schneller urteilst du im Zug das „ver" dazu, denn so bleibst, was simpel immer warst. Ein Geknechteter der Muster, der Pfade und Schlamm besudelten Wege, die nur Du Dir auferlegst. So findet eine Wahrheit ihr Richterbeil, ein Henker sein Opfer und nur Du, vergisst rein Dich. Keine Lehre, kein simples Verständnis, als einfach nur ein anderer Blick, der Vision als Wirklichkeit mir als dann auch Dir, präsentiert.

So wirst, was Du bist. Bleibst was warst und bist doch immer nur ein Ich. Das sich (ver)folgt, den Wegen als Mustern verspricht und doch das Ende niemals erblickt. Denn weißt Dein Ziel so nicht, so verirrst Dich immer noch nicht, aber verkennst den Weg, den Schritt allein, als Mittel zum Sein. In verdrehter Wahrheits einfacher Schluss, da ist dies etwas, was geschehen muss. Doch ein Weg alleine, der bildet nicht den Wanderer, sofern er einfach, das Auge verschließt. Wahrheit und Freiheit sind das Eine an Erkennen, das manchmal, fast immer sogar, sich Inneres Verstehen schimpft. So wiederholt sich ein Zug, eine Wahrheit, eine Deutung meiner Worte im fadenscheinigen Beiton, der nicht des Klanges bedarf, als dass Du Hinweis und Mahnmal so nur deutend begreifst.

Das Muster ist wie ein Kreis, der Ebendeutig sich selber verschließt und

Perfektion in Umrandung verspricht. Aber so und dann auch

immer, eine simple Form der ewigen Symmetrie nur bleibt.

Das Phantom ~ 54/244 ~ Bruno T. Schelig (bschelig.com)

16.) Der Spiegel der Wirklichkeit

Jedwede Realität, Wirklichkeit, die der Kunst als auch zufälligen Begebenheit entspringt, hat die Macht des Einflusses. Zuerst erblicken wir, dann bemerken oder auch rein nur übersehen wir. So spielt die Welt, die Wahrscheinlichkeit, der Zufall als auch die Kette an Ereignis, die sich da Begebenheit nennt. Wir können manchmal wählen, selten müssen oder sollen wir das. In der Kunst, in dem Puzzle was sich daraus zusammenfügt, ergibt sich das eine Bild, das ein Selbst nur selbst erkennen kann, das reine an Ego.

Es sei schlecht, es sei falsch und manchmal ist es rein nur übersteigert. So definieren Menschen sich untereinander und klassifizieren die Personen von Anderen. Denn was zu bewerten sie vermögen, dass nur können Sie in Schubladen den eigenen Urteilen und damit schon fast dem Willen unterwerfen. Denn ein jedes Selbst, ein jedes Menschlein, das passt sich dem Umfeld, den Menschen des Miteinander an. Und sich von allem abgrenzen was falsch oder zwielichtig erscheint, dass bedeutet sich vom Strom der restlichen Weltkugel abzugrenzen. Einer der Gründe, warum Künstler, die ihre Werke aus dem Innern ziehen, absolut und ganz, fast immer Abnormlige, Anderslinge und zu oft auch Einsiedler sind.

Ganz sicher bedeutet Freiheit nicht, dass man sich von allem nur abgrenzt oder voll ins Getümmel der Einflüsse schmeißt. Simpel und einfach bedeutet es, dass man alles nur zu seiner Zeit ganz einfach selber wählt. Und zu vehemten Einflüssen muss und kann man nur aus dem Weg gehen, da sie einen sonst zu einem Abbild fremden Willens nur formen. Die Macht der Masse, die Kraft der Bewegung und das willenlose Folgen einer Gemeinschaft. Auch hier nur nichts schlecht, nichts falsch und ebenso ist das ein Zug der Ganzen an Menschheit.

So kommen wir von einem Bild, zu den Einflüssen und schließlich zu einer Steuerung, die sich manchmal leider Gefühle nennt. Sicher können wir Gefühle nicht einfach abstellen. Es wäre auch falsch so verfahren zu wollen. Denn ebenso ist die Freiheit des Zulassens und des Abblockens eine, die seit Menschengedenken der Seele gehört. Eines tut man, das Andere lässt man. Jedes halt zu seiner Zeit. So läuft es, so ist es und auch das wird immer bleiben.

Nun also sind wir bereits im Kern dessen, was sich Inneres nennt. Ein Gefängnis, ein Ort, als auch ein Hort. Dort ziehen wir uns zurück, dort bleiben wir ein Selbst und nur dort finden wir uns und niemanden sonst. Ein Bild, ein Abbild, das dem Spiegel gleich uns nur selber zeigt. Etwas, das zu blicken wir sehen wollen oder auch nur wieder nicht.

Genau deswegen ist das Bild da draußen, die Wirklichkeit, die Realität, manchmal nur ein Spiegel dessen, was wir nicht zu sehen wünschen. Eine Ablenkung, ein Einfluss, dem wir uns nur zu gerne unterwerfen, damit wir Echtes und Wahres ignorieren können und dürfen.

Dies ist eine Wahrheit, die im Grunde keine ist. Denn erkennen und begreifen, kann man sie halt nur im Innern und nirgendwo sonst. So spielt die Wirklichkeit mit unserem Geist und wir ebenso auch nur mit ihr. Als Mittel zum Zweck, des Eigenen oder auch Fremden. Wissen ist Macht, sagt man. Aber im Grunde ist es der erste Schritt zum Weg nur eigener Freiheit. Sie nehmen und greifen, was Sie alleine wollen. Mehr, da ist da nicht.

17.) Der Wust D(ein)er Normalität

Wir nennen sie Normalos und wissen doch, dass gerade sie ganz einfach die Gesellschaft bilden. Ein Wust an Trubeln, an Kreisen, an sich schneidenden Ovalen, deren tangieren sich um den Nullpunkt verkrampft. Keine Spezies, keine eigene Gesellschaftsform als das eine, manchesmal kleine, dass die Masse ergibt. So verschiebt sich die Waage in das Ungleichgewicht und bildet aus der Mehrheit dann das Alles, das so niemals ganz stimmt. Denn die Ausreißer, die Anderen, die das out auf der Stirn verewigt haben, die fallen raus, werden aussortiert oder in Variablen einfach abgestrichen als der Fehler, den der Zufall nun mal ergibt. So sind sie, bleiben sie und doch, da sieht oder hört man sie nicht.

So bleibt als Einziges des Allem aus dem eine treibende Seele sich seine Richtung aussuchen darf, nichts als das, was bereits immer schon war. Ein Wust, ein Chaos, das von oben eine eigene Ordnung ergibt. So schrammen wir nur am Chaos der wilden Freiheit vorbei, bleiben als dann, in dem Umlauf der Ordnung Gefangene des Altbewahrheiteten. Kein Neu, kein Alt, nur Variation des jemals bereits Gewesenen.

Langer Worte, kleinstes Grau, plustern sich die Worte wie beim Tanz des prächtigen Pfau. Zeigen und kritzeln die Sätze, aus der sich ein Teil der Wirklichkeit ergibt, aus dessen Masse dann auch Macht entsteht. Denn nur Andres ist befreit von dem Übel der Eintönigkeit. Das wusstest und weisst hoffentlich bereits und dennoch musste ich es malen in die Meinen an Artikeln, die manch Lehre, oftmals versteckten Sinn präsentieren. Finden oder auch nicht, das gibt Dir der Zufall und ebenso die schöne Wahrscheinlichkeit passend zur Hand.

So nimm und greife oder blicke und überschweife. Die Wahl trafst unbewusst vorher schon bereits. Gefangener der eigenen Normalität wir nun einmal sind.

18.) Die Kunst des (Auf) Gebens

Es ist ein Leichtes, zu fallen, zu stolpern, sich des Aufgebens rein schuldig zu machen. Die Seele des Menschen, sein Körper, sein Geist, sie alle greifen nach jeder Anstrengung danach. Schlimmer ist die Willkür an Widerständen, die sucht und versucht, Wege und Pfade zu Abgründen eines Nimmersatten Verschwindens zu formen. So sind wir Menschen Geister unsrer eigenen Lasten. Seien es die Alten als auch die Neuen oder selbstgewählt die Frischesten die sich suchende Schwäche schimpft.

Gleichende Gerechtigkeit, den Ausgleich einer jeden Waagschale an Ungenügsamkeit, die suchen aber selten finden wir sie. Genau so, sind wir selber zu einem Ausgleich unsrer eigenen Gewichte geformt. Nur ist es mit dem Leben, den Pfaden an schlenkenden Wegen nun einmal so, dass sie des Zufalls des Schicksals Wegelagerer sind. Was kommt, das nur eben kommt. Was wir erwarten, nur darauf warten wir jahrzehntelang. Denn ist das Warten auch ein netter Geber an Mühseligkeit, so ist es dennoch der Truhe gleich, die im tiefsten Meere verschlossen auf ewig versunken bleibt. Du, liebes Leserlein, weißt wann zu warten, wann zu tun, wann zu lassen und willst den Ratschlag so nun einmal nicht. Deswegen alleine, nerve ich damit Dich nur jetzt absolut einfach nicht. Tue was Du tun musst und blicke niemals zurück. Gehe den Pfad der Unendlichkeit entlang, denn nur was zu enden sich wünscht, das alleine tut es so nur auch. Ein Hauch an der selbsterfüllenden Prophezeiung, damit der Text sich des Unwissens nicht schuldig macht. Lang und kurz, da gehen die Zeilen drumherum. Was ich zu sagen Wünsche, bezwecke will und versuche, ist im Grunde niemals lang und dennoch suchen sich die Querverweise ihre Mittel und Räume um sich einzufügen. Weniger Zufälle als Mittel der kleinsten Spielerei.

Machen wir es dennoch kurz und ganz und gar leicht, wie es die Worte der Klarheit nun einmal vermögen. Gib auf, verliere und lass Dich an den Boden des Abgrundes zurückstoßen. Dann aber, wenn Du genug Deines Selbst verloren hast, forme es Dir alleine selber neu. Erhebe dich dem Phönix gleich nur aus Deiner Asche, denn daraus werden die Stoffe mythologischer Legenden geformt. Stirb nicht, aber lerne zu geben, das Auf Hand in Hand. Denn die Gier zu gewinnen, sie alleine liegt Dir im Blut. Das Andere aber, ist die Ausgleichung der Formel, die sich auch einen Aspekt der Freiheit nennt.

Finde den Sinn, oder lass es bleiben. Mir ist es gleich. Denn vom Wollen, vom Sollen, vom Müssen als auch Missen, da bin ich auf ewig von befreit.

Das Phantom ~ 61/244 ~ Bruno T. Schelig

Zur Story

Spinn Two

Das knechtende Spiel eigener Wirklichkeit

Das Phantom ~ 62/244 ~ Bruno T. Schelig

Namensregister

Hr. Reuber
    (*Bezirksstaatsanwalt*)

Alexandra Reuber (*Tochter von Bezirksstaatsanwalt*)

Mark Santaner (*Freund von Alexandra*)

Hr. Nebster (*Chef*)

Fr. Lenner (*Sekretärin*)

Matrischka Slavotka
    (*Clubbesitzerin, Veronas Velvet*)

Bernhard Santasto (*Bodyguard, Vertrauter*)

Santhana (*Hexe*)

Astra (*Seherin I*)

Nimivet (*Seherin II*)

Alexis (*Seherin III*)

Beatrize (*Seherin IV*)

Claudine (*Seherin V*)

Chapter One

Ich weiß, in dem Moment meiner Geburt in meine eigene Wirklichkeit, da sollte ich meine Klingen wetzen. Ich sollte die Schwerter und Messer nehmen, mit genau denen ich das Unheil des schnellen Urteils ganz einfach vernichte. Ich sollte blutend vergelten, was sich der Grausamkeit versprochen hat. Doch wenn Du eines bereits weißt, wenigstens in Ahnung begriffen hast, so hege ich den Hauch einer Hoffnung, so erkennst, dass Vergeltung und Rache nichts sind als das Gift. Und auch wenn ich in Sekunden dann Vollstrecker bin, so verhindere ich nicht das Übel, ich sühne nur rein und sauge als Dank das Gift in mir auf. So vergast zu schnell, was am Anfang schon über mich wusstest. Dass ich so einfach, als auch simpel, nicht einzuordnen bin. In dem Augenblick, dem Portal des einen Momentes, von dem an Du meinen Schritten also folgen darfst, da trage ich die meine an Maske und den schwarzen Umhang samt Kapuze dazu. Das nur hast Du erwartet, vielleicht auch erhofft und so erfülle ich Dir den kleinen Traum. Auch ist es Nacht, die ihr Dunkel in Schwaden des grauen Nebels auf diese Seite der Welt nieder gesenkt hat. Doch noch, da bin ich nicht im Kampf, noch nicht auf dem Weg in die Welt, deren Realität Du greifst, als auch simpel begreifst. Ich befinde mich an einem Ort, den Du mit Sicherheit nur meidest. In der Nacht, im Dunkel des

Unsichtbaren, da verstecken sich dort die Schlüssel zu Deinen Ängsten, sofern Du diese bereits erkannt hast. Die Möglichkeit einer Unberechenbarkeit, die Form des Unbekannten, das noch die Schatten verbirgt. Und so bin ich neben Meinesgleichen, das keiner Einordnung mehr unterliegt. Dort erblicke ich die stille Krähe, die vornüber gebeugt in den weißen Stein nur pickt. Steine, kleinste Mahnmale in jeder Variation, die finden sich hier. Die Namen dazu, die Daten als auch die Begrenzung des einst menschlichen Weges. Mein erster Moment, an Tat, an Handlung, besteht darin, mich dem Vergessen zu widmen. Zu schauen und zu betrachten, was einstmals unter den Lebenden war. Sicher, ich halte nicht, was vergessen ist. Aber ich erinnere mich an das, was ein Andrer vergisst. Ich umklammere die Erinnerung an das, was einstmals ein Teil dieser Welt gewesen ist. So sehe ich die Bilder, die Gesichter, Gefühle, die Trennung als auch frühere Gemeinsamkeit. Du magst es für einen falschen Ort zu halten den Moment meiner selbst gewählten Geburt zu verbringen. Aber ich bin niemals, was Du erwartest und doch im Geheimen erhoffst. So verbringe ich die Sekunden mit den Toten, damit in Zukunft sie durch mich die Lebenden besuchen können. Denn was ich bringen will ist nicht der Tod und genau deswegen musste ich ihn zuerst begrüßen. Als Freund, als Begleiter und hoffentlich nur selten, als meine rechte Hand. Aber nun ist vorbei, was Besinnung sich nennt. Ich verlasse diesen kleinen Friedhof, der auf der Welt hätte jeder sein können. Eine kleine Lektion, die hoffentlich schon keine mehr ist. Ein jeder Moment, ein jeder an Augenblick ist in Form und Umstand simpel egal. Es könnte hier sein oder auch dort, das Leben geht seinen Weg nur ewig fort. Zeit und Ort sind nur die Zufälle an Variation, die die Gleichung Mensch ergibt. Ich aber wähle frei, was ich nur sehen und vielleicht auch Dir zeigen will. Verstehen, das nur muss ich nicht mehr. Aber ich darf erklären, darf formen was ein Augenblick in des Zufalls Hand nur selber ergibt. So wähle ich das Fenster meiner Wirklichkeit und ergreife die Variable des Zufalls, die dadurch so keine mehr ist. Du aber darfst gerne an Fehler glauben. Denn Dein Denken, das stehle ich Dir nicht. Ich lasse die feuchte Erde neben dem hohen Holz, das sich hier Baum nur schimpft, hinter mir und wende mich nun der Bevölkerung zu. Sie sind dort unten. Mit Vielen, mit Wenigen. Im Schlaf, im Traum, in einfachem und auch großen Raum. Ich besitze keine Aufgabe, keine Pflicht, kein Müssen, kein Sollen. Eine Freiheit, die ohne Gefängnis so ist. Was wird, kannst Du nur erahnen. So folge mir Schritt auf Tritt und erblicke den Traum einer Vision, die ihre eigene Allmöglichkeit so malt. So findest Du den Sinn des Unsinns, das Verdrehte zum Abnormen und die Wirklichkeit des Surrealismus. Denn nur was Du bis jetzt nicht kennst, kann Neues ergeben. Ich unterliege den Erwartungen Seines Seins so nicht und dennoch Du mein Zuschauer bist. So spiele ich nicht, als einfach rein, mit meinem eigenem Sein. Du verstehst, erkennst oder tust es dennoch nicht. Bild um Bild, Wort um Wort, Fenster um Fenster einer jeden Wirklichkeit, nur so lebt ein Traum rein fort, dessen Bühne ein menschlicher Geist nur ist.

Ich habe die Stadt noch nicht betreten. Noch lausche ich der Melodie der Nacht. Ihrer Nacht, ihrer Schwärze, dem dunklen Ton, der niemals schweigt. Man kann die Ratten im Park hören, wie sie die Mülltonnen durchwühlen. Hungrig, gierig, voll der gewitzten Emsigkeit. In andrer Ecke das fast lautlose Hoppeln eines Kaninchens, auch es auf Futtersuche im feuchten Gras. Verendende Töne plärrender Fernseher trägt der Wind herüber. Dort das Weinen eines Babys, dort das Schluchzen einer einsamen Frau vor der Liebesschnulze im Fernseher. Schnarchen, Schnaufen, Wälzen, hin und her, das ist ein Teil der Betriebsamkeit, die sich schlafende Stadt nennt. Dazu arbeitet das, was niemals lebt, ein knarrendes Holz, eine quietschende Tür und die Stadt spricht schweigend ohne den Hauch eines Wortes.

Auch ich schweige. Aber ich bin anders, das weißt Du. Und auch wenn es meinem Sein eine unberechenbare Bedeutung verleiht, ist es für mich nur irrelevant. Denn ich bin, was ich bin. Mir gegenüber einfach und unkompliziert, da ich mich selber nun mal nicht zu klassifizieren habe. Und so tue ich hier wieder das reine Etwas, das aus dem Rahmen sticht. Ich beobachte, ich lausche, ich sehe und höre zu. Genau den Tönen und den Stimmen, die ungehört bleiben wollen. Ein jedes Übel, ein jedes Verbrechen, ist nur so wirksam, wie es im Schleier der Nacht nur, unentdeckt bleibt.

Vor der Menschen Augen, ganz sicher.

Aber nicht vor mir.

Ich bin gespannt auf die Dämonen, die Teufel, die Vampire, Geister und Kreaturen, die das Dunkel niemals fürchten. Nun, nach heute Nacht, wird sich das ganz schnell ändern. Und so warte ich auf den Teufel, der die unschuldige Seele sucht. Ich harre nach dem Bösen aus, um ihm die Angst vor seinen Taten zu lehren. Heute Nacht, da dürfen sie kommen. Da dürfen, da sollen sie grausam sein, blutig, gerissen und hinterhältig. Denn ich werde sie spiegeln. Ihr Antlitz, ihre Taten und gleichermaßen die Konsequenz, die ab heute sich neu offenbart. Ich sehe es nicht als Aufgabe, es ist keine an Pflicht. Keine Gerechtigkeit, kein Heldentum. Es ist meine Stadt, die ich hier wählte. Meine Nacht, mein Dunkel, mein Schwarz und nur meine an Schatten, die ihnen keinen Schutz mehr bieten werden. So bin ich der Mittler einer Veränderung. Das Gleichgewicht, der Rhythmus an Folge und Konsequenz, erst Tat dann Opfer, das ist es was ich als Variable störe und zerstöre. So lausche ich den Tönen dieser Nacht, den Klängen der Stille und harre aus auf ein Erstes, das mein Startschuss sein wird. Ich hebe die Hand, ob rechts ob links, im Grunde ist es gleich. Denn es ist nichts als eine Bewegung mit der ich die Macht ergreife und befehle, was Schatten sich nennt. Ich

tauche hinein in das Dunkel ohne Existenz und tauche auf in einem anderen Licht, das nur ebenso sein Dunkel ergibt. Hier nur leuchtet es im Halbgold und wirft funkelnd seinen Schein auf die feuchte Wiese. So dass glitzert im Schein winziger Diamanten, was grüner Teppich an Wiese sich schimpft. Es faucht, es knurrt, es fletscht nur geifernd seine Zähne. Für mich kein Gegner, aber diesen such ich auch nicht, ebenbürtig werde ich ihn hier so auch nicht finden. Ein kurzer Tritt und die vermeintliche Bestie verzieht sich fauchend in die knackenden Büsche. Dennoch faucht es mich an, als ich mich ihm nähere. Eine arme, kleine, fast hilflose Kreatur. Ein Junges ihrer Spezies der Kategorie Hauskatze, das im Dunkel und Grauen dieses kleinen Wesens, sich verlaufen, verirrt und fast dem Tode präsentiert hat. Ich packe sie einfach, ignoriere die Krallen, die sich in den Unterarm bohren, spüre die Anspannung unter dem Fell dieses kleinen Wesens. Erneut ein Sprung durch die Schatten und ich tauche im Dunkel zwischen Bausteinen und Spielsachen wieder auf. Ich lasse das Kätzchen frei. Es springt herunter, flitzt weg von mir auf das Bett des Jungen, dem es gehört. Von dort aus, faucht es mich an, funkelt gefährlich im spiegelnden Licht der magischen Katzenaugen. Fast, da muss ich lächeln. Ein Hauch an Witz, dass diese Kreatur dem Tode entronnen, als Erstes ihr Herrchen beschützen will. Ich lasse ihr den Triumph mich vertrieben zu haben und verschwinde wieder durch die Schatten.

Auf einem Hochhaus tauche ich wieder auf. Blicke hinunter in die schwarzen Scheiben der schlafenden Stadt.

Du fragst, warum das Kätzchen? Warum keine Jungfrau in der Not?

Dies ist kein Märchen, es ist ein Teil einer Wirklichkeit, ein

Hauch an Möglichkeit, ein Traum als auch Realität. Also frage nicht, ich tue es auch niemals. Fragen ergeben Antworten, Antworten bilden Gedanken, Gedanken dann das Wissen. Eine Kettenreaktion, die Verstand am Laufen hält und dennoch wie eine Gleichung immer folgen muss. Also befreie mich davon. Dieses Buch von dem Gedanken des Zweckes als auch der Lösung. Eine jede Zeit hat ihre eigene Bedeutung. Nicht des Verstehens, des Erlebens, des Aufnehmens, als rein Mittel menschlicher Produktivität. Jetzt war es eine Katze, deren Schicksal es war, nicht zu sterben. Morgen ist es ein Junge, der freudig erwachen wird, da sein Gefährte wieder da ist. Ein Junge, ein Puzzle Teil, dessen Bild Du im Ganzen noch nicht siehst oder sehen kannst.

Die Stadt schläft und spricht, wie vorher schon. Das weißt Du, das weiß ich. Und so nehmen wir uns erneut Minuten des Beobachtens.

Ich springe vom Dach herunter und lande auf dem grauen, harten Beton, der durch die späte Stunde ausgestorbenen Straße. Ironisch, dass wir von Sterben sprechen. Nennen wir es leer gefegt durch die Wüste einer Nacht. Denn das Zeichen der Wüste ist die Leere, die greifbare Stille und ebenso die Endlosigkeit nicht greifbarer Weite. Alles, nur in anderer Präsenz, finden wir hier. Keinen feinkörnigen gelben Sand, dafür von der Menschheit in Form gepresster Stein. Sicher willst Du das nicht wissen, extra erzählt, vielleicht auch definiert bekommen, aber was in Worten sich formt ist die Möglichkeit an Bildsamkeit einer Wirklichkeit. Und so nur, gibt es Rahmen, gibt es Fenster, an Aussicht, Vorsicht und auch der Rücksicht. So spiele ich mit Dir, als auch der reinen Bühne, die sich auf die Sicht konzentriert. Wechseln wir also den Rahmen der Aufmerksamkeit und folgen dem Pinsel meiner kleinen Malerei, damit Du Bühne an Schauspiel betrachten kannst, was sich mir in diesem Moment der Stille einer schwarzen Nacht hier offenbart. Denn es muss das Dunkel sein, das Schwarz, das Nichts, dass dieses Ereignis ergibt. Denn zum Tage, da entschwindet und windet sich, was neben dem Alltag, der Hektik, so nicht kann sein.

Deiner Geschichte und auch der Zeit Deiner Legenden nach, würdest Du es die Magie der Geisterstunde nennen. Aber der Gang zur Mitternacht ist lange vorbei. Der normalen Uhr nach, befinden wir uns im Kreis der 2 oder auch schon der. Nehmen wir die Hälfte und formen wir eine halb an drei. So gefällt es mir, so passt es und hat zu später Stunde dunkler Nacht, einen Hauch an Geheimnis und Mysterium.

Wir befinden uns an einer Promenade, wo am Tage im hellsten Sonnenschein, die Pärchen die Minuten des Spazieren Gehens genießen. Manche beschwichtigen ihren Streit, während sie dem vereinzelten Flug einer Möwe folgen. Wie verirrt an diesem doch breiten Fluss zieht sie kreisend ihre Bahnen, erhebt ihr einzigartiges Krächzen in den Himmel und bildet ab und an, das Symbol einer Freiheit. Genau deswegen finden wir sie zu ewigen Massen an den ewigen Weiten der Meere, die sich in Strömung in diesen unendlichen Horizont ergießt. Hier, neben dem breiten Fluss, der die kantigen Steine dieser Stadt in zwei Teile teilt, finden wir sie des Tags, nur nicht bei Nacht. Und mit Sicherheit sind hier auch jetzt keine Pärchen, nur die Stille an singendem Wind. Er fegt hinweg, kommt im Wirbel dann wieder und dreht sich in Variation auf der Oberfläche des dunklen Wassers. So spiegelt es sich wie in tausend zerbrochenen Glasscherben, die in schwarz dennoch auf und nieder wippen und das Abbild eines Spiegels malen, der die Silhouette von

Lichtern präsentiert. Denn in der Stille singt rein das Wort, im Dunkel da malt nur ein Licht. Und so erkennst Du die Brücken, die hell erleuchtet sich über das Wasser ergießen. Eine Seite mit der Anderen verbindet, damit in Betriebsamkeit Mensch seiner selbstgewählten Pflicht folgen darf. Aber diesmal ist dieser Koloss aus Stein im Grunde nur irrelevant. Denn was ich will, was Du siehst, ist darunter auf der Fläche des Wassers, die kein Mensch betreten kann. Und nur deswegen bildet das Spiel der Lichter, die eigene Bühne, nicht zu zu ordnender Magie. Wie eine tanzende Fläche an goldenem Schein, präsentiert sich hier die Einladung unmöglicher Variation an Wirklichkeit. Du kannst nicht sehen, was ich erblicke. Du bist Mensch, im Grunde, da schläfst Du zur Nacht und folgst den Gebilden Deiner faszinierenden Träume. Ich aber sehe mehr. Mit Wissen, mit Möglichkeit und auch dem Hauch nicht menschlicher

Freiheit, verändert sich als Erstes Deine Wahrnehmung. So betrachte ich mit Dir, was Du so niemals erblickst. Einer der Gründe, warum ich den Pinsel nun schwang. Wir sehen also die goldene Fläche an spiegelnden Lichtern. Nur sind es nicht die Lichter, die unsere Aufmerksamkeit fesseln. Es sind die Nebel, die im Grunde ohne Präsenz darüber fegen. Wesen, die den Sphären entspringen, wo sich nur die Seelen der Verstorbenen einfinden. Sie reisen hindurch, finden ihren selbstgewählten Pfad an Verdammung oder ihre eigene Erlösung. Ab und an, bleibt etwas zurück, ein Dazwischen, ein Reich daneben. Du nennst es Geist, das Wesen für sich, weiß rein gar nichts von seiner Existenz. Und so nennt es sich nicht, ordnet nicht ein und ebenso wenig versklavt es sich. Es tut, es macht die Sekunden eigenen Seins. So wie auch jetzt, an einem Ort weitab sonst nötiger Zivilisation. Sie tanzen umher, drehen sich spiegelnd und funkelnd im Licht der Nacht. Ein Tanz, den zu beobachten, ich Dir wünschen würde. Er erinnert an den Hauch von Fabeln und Märchen, wie es Feen und Elfen sonst nur tun. Hier findet dieser magische Reigen aber direkt nur neben der schlafenden Bevölkerung statt. In anderer Nacht, anderem Licht an magischer Situation, da würden sich auch die Figuren aus Stein dazu gesellen. Mit Leben erfüllt, würde ein sonst majestätischer Adler in Form gegossen, seine Schwingen weiten und sich stolz präsentieren und über die Fläche des Wassers erheben. So findet ein jedes Sein, eine jede Form an Existenz, seine Zeit der Aufmerksamkeit als auch des tanzenden Lebens in Unendlichkeit. Denn was nicht gesehen, erblickt, erkannt und definiert, hat dennoch eine Form an Präsenz, die sich selber malt.

So zeigte ich Dir jetzt Eines, ein menschliches Keines, dass dennoch vielleicht gerade nur deswegen, voll des Zaubers einer Magie nur ist. Male es weiter, wenn Du magst. Mit den Blasen Deiner Phantasie, Deiner Vorstellung und dem Vorhang einer Bühne, die sich geistige Freiheit nennt.

Ich befinde mich nicht mehr auf einem Dach. Wie ein Wanderer streife ich durch die dunklen, stillen Gassen. Der Vergleich zum Wanderer passt einfach perfekt, denn es gibt kein Ziel, keine direkte Suche und niemals nur eine Pflicht. Ich streife durch die Straßen, lasse meinen Blick über die Schaufenster streifen. Die Angebote, Verlockungen, Schnäppchen und ebenso honigsüßen Träume, die sich da Konsum nennen.

Nein, ich urteile nicht.

Ich bin kein Mensch. Ich beobachte nur, verstehe und ziehe manchmal auch Rückschlüsse zu einer Lösung, die für mich von gravierender Bedeutung sind. Sicher könnte man es nach menschlichem Verstehen als Langeweile bezeichnen, was mich durch die Pfade schickt. Aber das wäre nur ein Rückschluss an menschlichem Fehler. Denn auch wenn es keine gestellte Aufgabe, keine Pflicht, keine Sorge oder direkte Last mehr gibt, so besitze ich ein Andres, das sich Freiheit schimpft. Die Freiheit zu tun, zu lassen, zu streifen oder auch zielgerecht zu lenken. Ich darf wählen, muss es aber nicht. Ich kann dem Zufall das Steuer übergeben und simpel einfach folgen, was Kette an Ereignis sich selber schreibt. So halte ich es gerne, immer und doch auch nur manchmal. Eine Möglichkeit an Variation, die ich Dir auch gerne vorschlagen will. Denn nur unerwartet bildet sich das, was nicht erwartet wird. Ein andres Portal an Freiheit, das menschlichen Geist befreit.

Wir sind ein paar Tage weiter, das wusstest und bemerktest nicht.

Wie denn auch?

Du folgst dem Fluss an Worten, der Strömung, die ohne Richtung, dennoch immer vorwärts treibt. Und auch wenn die Zeit Dir zur Einteilung gereicht, in Stunden, Minuten, Sekunden vielleicht, auch Wochen oder Monate, so ist sie für mich nur ein Zweck, dem es ein menschlicher Sinn bedarf. Sicher, bin ich nicht frei von der Zeit. Denn so lange ich in der Wirklichkeit Deiner Realität mich befinde, solange unterliege ich auch den Grenzen, Formeln und logischen Schlüssen, die menschliche Existenz sich selber definiert. Andersrum im Denken, verstehen und ahnendem Begreifen, gibt es nur das, was Du Dir greifst. Du brauchst die Zeit als Mahnmal, als Größe, die Bewegung und Verfall definiert. Ohne Dich, Dein menschliches Sein, ohne die Masse Deiner Welt, ihrer eigenen Realität, ganz einfach, da gäbe es keine Zeit.

So definiert ein Mensch sein Sein, Gleichung um Gleichung, Formel um Formel, Gesetz um Gesetz. Sie brauchen es für das simple Verstehen, das sich dem

Verstand nur so anschmiegt. Die Ironie, die das nur alles verbirgt, ist simpler Gleichung komplizierter Schluss. Du suchst eine Formel, eine Gleichung, die einfache Gesetzmäßigkeit. Du verstehst, ziehst Zusammenhänge, Parallelen und Gleichungen. Das bildet dann ein Ergebnis, das Du verstehen kannst. Aber dieser Weg, dieses Verstehen, erschafft Dein Denken, Dein Begreifen und ebenso den Sklaven einer Realität.

Ich versuche es einfach und kann nur kompliziert formulieren, präsentieren, was Deine Welt Dir gibt.

Du denkst, Du begreifst und ergreifst, dann bildet sich Dein Verstehen und die Gedanken dazu, die einen Sinn ergeben. Für Dich, für nur Deine an Wirklichkeit. So formst Du aus einer Variable als Beispiel ein X, eine feste Zahl, die Du nur so erkennen kannst. In Wahrheit wäre neben dem X, ein unscheinbares Y ein z und vielleicht noch eine kleine an Zahl. Das nur übersiehst Du, da das X alleine plausibel scheint. Gibt es Fehler, hinkt Deine Gleichung, so passt an und formt um, bis Ergebnis wieder stimmt und Du alleine das X behalten kannst. So übersiehst aber die kleinsten Facetten, die sich nur freiem Blick, aufgeschlossenem Geist und dem Fortschritt Deiner Zukunft ergeben. So läuft es mit der Zeit, mit Deinen Größen und Gleichungen, die alleine in

Deiner Wirklichkeit Sinn als Ergebnis liefern. Du selber trägst keine Schuld, mit Sicherheit nicht. Und auch das Wort Schuld ist wieder eine Variable, die ganze Wahrheit verkennt. Denn was du nicht kannst, nicht erahnst, das nur kann kein bewusster Fehler sein. Und die hellsten, die intelligentesten Größen Deines Planeten, sie geben Dir einen Teil ihres nur teilweises Begreifen voraus.

Also niemals schuld. Nur ein Greifen nach einem Horizont, dessen Tiefe selbst Deine Wahrnehmung so nicht ganz erkennen kann. Tja und so tat ich es doch.

Ich erklärte und definierte, was ich nicht wollte. Mit Sicherheit kein Fehler, aber gekonnter Hinweis auf die Keine an Oberflächlichkeit.

Es ist mit den Gassen dem Streifen in dunklen Ecken oftmals so, dass außer Wind so nichts zu sprechen vermag. Dort huscht im Dunkel, eine Maus oder Ratte vorbei. Aber hast Du keine Angst, so ergibt sich ein Wort, ein Laut, der auch Deinem Innern an Dein Ohr Dir greift. So findet Stille und Dunkelheit, manchmal die unsichtbare Bühne, die nur Dich zum Betrachten einläd. Du alleine, applaudierst, siehst weg oder betrachtet schweigen die Worte Deines eigenen Schauspieles.

So wählst den Ort Deiner Wahrheit, Dein Begreifen und den Rest bekommst

geschenkt dazu. Sei es Zeit, Wirklichkeit und ebenso, das auf immer kostbare Wisse. Nenn es einen Hauch an Ahnung,

Portal in eine Variation Deiner alten Möglichkeiten, die ich Dir nur in anderem Licht präsentiere. Wir sind aber nun in den Gassen einer stillen Stadt, einem Hauch an Dunkelheit, das Schatten verbirgt und ebenso sind wir bereits Tage weiter als zu Anfang des Weges, in den Du freiwillig Dich mitnehmen ließest. Wir haben den Vollmond in all seiner Pracht und auch eigenen Blüte. Ein Zeitpunkt, der manch Wahres offenbart. Deine Mythologie kennt diese Geschichte bereits. Denn dem Planeten dort oben, der sich nur einmal in Deiner Einteilung von den Tagen eines Monates sich präsentiert, wohnt eine unsichtbare Macht inne.

Du erlebst es bei Ebbe und Flut der Meere, um Eines als Erstes zu nennen, dass sich Deinem Verstehen des Verstandes ergibt. Aber da ist noch viel mehr. Das kannst Du spüren, wenn Du hinauf zum Himmel blickst.

Der pechschwarze Himmel und darin prunkt die magische Scheibe voll silbrigem Licht. Es mag Magie genannt werden. Ein anderer Glaube sieht in dem Planet ein Abbild seiner Göttin, sei es Luna oder auch Diana.

Nie ist etwas falsch.

Denn der Glaube ist eine erste Spur, um die Fesseln der Rationalität, wie auch des Verstandes, von innen heraus zu umgehen. Auch neben Mathematik und Formeln, hat der Mond eine bedeutende Macht, die direkt in Dein Inneres greift. Er verstärkt und beeinflusst, vielleicht zieht er es auch aus den tiefen hervor, was sich Gefühle und Triebe nennt.

Dein höchstes Glück, dein tiefster Ärger, die schlimmsten Schrecken, die Dein Inneres verbirgt. Der Mond verstärkt sie Dir, ob Du es willst oder auch nur nicht.

So ist der Planet, die reine an Vollmondzeit, ein Moment, wo Du einen Hauch Deiner verleugneten Teile erblicken kannst. Die Macht einer äußeren Welt, die auch ein Teil Deines Inneren ist und bleibt. Der Sinn, dass ich es Dir erkläre, ist nichtig wichtig.

Aber ich weiß, dass Du von nun an zum Himmel blickst und gleichermaßen auch in Deine eigene Tiefe. So hat sich ein Zweck nur selber erfüllt.

Widmen wir uns wieder mehr der Handlung und weniger dem reinen Wissen. Ich weiß, dass auch Dir das besser gefällt.

Chapter Two

Nun, ich bin ohne Präsenz. Das verkaufte ich Dir von Anfang an. Es musste so sein, damit Du meinen Wahrheiten einen Glauben schenkst. Denn wäre ich wie Du, wie ein Jedermann, den die breite Masse verschluckt, warum nur, solltest Du auch nur einem meiner Worte glauben, geschweige denn Gehör schenken?

Aber ich habe ein Wesen, eine Form, die wenn auch gegen jede Regel, ihre eigene Gültigkeit hat. Meine Persönlichkeit kannst Du analysieren, auf Gesetzmäßigkeiten durchsuchen, aber auch dort, wirst Du sie nicht finden. So verewige ich Dir wieder einen Hauch an Schachzug. Erst nehme ich mich und meine Person aus jeder Regel und dann nur füge ich mich auf meine Weise passend wieder ein.

Ich besitze mehr als nur eine Maske. Mehr als nur eine Erscheinung und nebenher gibt es mich auch in unscheinbarer Form.

Als Mensch, der nicht aus der Reihe tanzt. Sicher bin ich im Innern immer anders und niemals gleich, aber im Strom der Betriebsamkeit, was ein Mancher gerne als grau bezeichnet, da fällt es nicht so auf. Und indem ich Dir das schrieb, den Weg in etwas Anderes ebnete, darfst Du mir nun in den Hauch einer weiteren Wirklichkeit folgen.

Das Phantom ~ 81/244 ~ Bruno T. Schelig

Du hast meinen Verstand kennengelernt, in den ersten Zeilen dieses Buches. Und doch hoffe ich, dass es irgendwann mehr sein wird als das. Mehr als eine simple Umrandung aus Papier und auch Schrift. Vielleicht ein Traum, eine Hoffnung oder auch eine Möglichkeit, die Du nur schrittweise ausprobierst. Du hast die Wahl, wie immer im Mythos vollkommener Freiheit, zu sehen, zu erkennen, zu betrachten und vielmehr noch, zu behalten, was Dir alleine gefällt.

Aber was Du zu Anfang kennen lerntest, war nicht mein Verstand. Es war ein Bruchteil einer Möglichkeit, wie Du mich bitte auf keinen Fall zu sehen hast.

Variation, Spielerei an Gedankenfreiheit und vielleicht auch ein Hauch an meiner als auch Deiner Wirklichkeit.

Ich bin anders, für Dich im Grunde nicht einzuschätzen. Und doch obliegt diesem Fremden auch etwas Vertrautes. Denn wie ich zu Anfang sagte, könnte ein Ich ebenso ein Du sein. Deswegen begannen wir ohne Präsenz und mit reiner Maske. Jetzt aber, nach dem Vorspiel, der Bühne an simpler Aufmerksamkeit, darfst Du mich auch in Person erleben, die zwar nicht zu definieren, aber ab jetzt eine Form besitzt. Ich besitze Spuren, Bahnen, mit denen ich mich unter Menschen aufhalte. Spirale und Kreise, wie sie ein Menschen Sein nun mal zeichnet. Deine sind zu meist, fast immer nur, dem Zufall überlassen, doch das Ergebnis einer Wahrscheinlichkeit und erscheinen frei, sind es zu oft aber eben gerade nicht. Ich habe selber gewählt, was mir nur passt und ich als Schiene meiner Lebenskraft tragen als auch ertragen kann.

Es gibt eine Frau in meinem Leben, in meinem Herzen und auch in meinen Wiederkehrenden Kreisen. Du hast die Deine Vorstellung an Liebe, Dein Bild einer Partnerschaft und fast auch nur ein vorgezeichnetes Muster, wie so etwas zu laufen hat. Diese aber, meine Frau, ist vom Weiblichen befreit. Wie könnte es auch anderes sein, denn sonst nur könnte sie sich an Meines an Sein, sich nicht so passend anschmiegen. Ich werde Dir später von ihr berichten, erzählen und auch ein bisschen an ihrer Erscheinung für Dich nur malen.

Jetzt aber, sind wir am Tage.

Am Tage besitze ich die Form, wie ein Jeder sonst. Wie ein Du, wie ein Ich, das sich Menschheit da nennt. Wir folgen den Kreisen, drehen uns umeinander, miteinander und tanzen im Wirbel der Strudel, die sich da Leben nennen. Mal dort das Etwas, das sich Wirrung nennt. Mal hier der Stein, der zum Stolpern bringt. So wenden wir uns den Einflüssen zum Trotz den Zielen zu, die sich Menschheit zur Richtung darlegt. Lieber das Eine, als Fremdes Anderes in die Wiege zu legen versucht. So gebären wir uns Tag für Tag und Morgen für Morgen, immer und immer wieder neu fort. Wer will sich beschweren, sich erwehren oder strafend offenbaren, das sich Ärgernis nennt?

Gleichende Rasse wir sind, eine Einheit, die da ebenso auch keine ist. Denn erst das Andere offenbart die Mischung an

Vielfältigkeit, die sich kein Durchschnitt mehr nennt.

Nun bin ich da einer, der fast schon keiner mehr ist. Ich löste mich extra, um dem Einen zu dienen, das sich da Freiheit zur Möglichkeit nennt. Ich weiß, dass Du glaubst, Ähnlichem zu obliegen. Nur ist es so, dass wenn Du selber nicht greifst, was Du haben willst, dann bekommst es so nur niemals mehr. Gedrehtes Spiel an eigener Wahrheit, das ebenso auch wieder einen Kern an Wirklichkeit präsentiert. Widmen wir uns den Abläufen zu, die sich da drehende Windung an nicht vorgezeichneten Pfaden nennt.

Wie ein jeder Mensch, der auch Du nur einer bist, musste ich mich in Kleidung, in Form und auch Präsenz pressen, damit ich der Aufgabe an Betriebsamkeit so gerecht werden kann. Ich muss nur niemals, tue alles aus meiner Entscheidung. Aber das alleine, weißt Du ja bereits. So bin ich nicht Dein Held, weniger Dein Vorbild, als auf immer die Wahrscheinlichkeit einer schnöden Wirklichkeit. Du darfst sehen, betrachten, blicken und dann nur selber wählen, was Du alleine haben willst. Kleinste Bühne an strebender Betriebsamkeit, die sich da Theater an Aufmerksamkeit nennt. Aber lassen wir das Drumherum und wenden wir uns anderen Pfaden zu. Denn ich bin der Zeichner, der Maler und so darfst den Meinen Pfaden sehr gerne folgen. Wenn dir alleine nun mal danach ist.

Ich folge erneut den Straßen dieser Stadt. Nur diesmal ist es der Morgen, der hier anbricht. Die Sonne erhebt sich in der

Ferne über die Dächer hinweg, schickt leicht goldene Strahlen in den grauen Trist des Alltages. Die Stadt ist so, wie auch der bald gleißende Planet, zum Leben erwacht. Mit hupenden Blechkisten, die ihre Abgase in die noch frische Morgenluft blasen, macht Mensch sich auf den Weg zum Ort seiner Betriebsamkeit. Das Tagewerk, das sich Arbeit schimpft. Auch ich tue dies nun ebenso. Denn auch wenn ich mich durch die Schatten ganz einfach an jeden Ort bewegen kann, so muss ich zum Tage meine Menschlichkeit zeigen. Und so schnurrt der meine an Wagen, so wie es ewig auch Andere tun. Mein Gefährt ist

ein schwarzer Mustang, der so manche Pferdestärke unter der Haube versteckt. Denn Kraft als auch Stärke, sich rein im Innern offenbart. Mit Sicherheit nur ein Auto, eines meiner Liebsten an Schau zur Aufmerksamkeit, und dennoch ebenso kein Zufall, keine Wahrscheinlichkeit zur Wahl und im Nebenher, noch eine kleine an Lektion.

Es dauert nicht lange, bis ich mich durch den Verkehr geschlängelt habe. Auch wenn sonst zu knapp, finde ich ebenso einen Parkplatz ganz leicht. Die Kiste abgestellt und schon mache ich mich auf den Weg in das Gebäude. Vorne die Sekretärin, die mir wie immer und auch jeden Morgen, ein Lächeln zuwirft. Ganz zufällig beugt sie sich nach vorne, den Ausschnitt weit tiefer, als es die Etikette verlangt, um wenigstens ein bisschen an Aufmerksamkeit zu erhalten. Und vielleicht auch irgendwann, sich als die Frau an meiner Seite zu präsentieren. Denn für jeden hier bin ich der Stille, der Eine, der in der Reihe auch nur wieder aus der Reihe tanzt. Ich widme mich meinen Pfaden, meinen Wegen, meinen Zielen. Für Manchen der Abnorme, ganz sicher bin ich das, denn auch wenn keiner was von meiner Nacht so weiß, bin ich sonst nicht der Eine, der jedem nur gleich ist. Aber wir sprechen vom Drumherum, ohne uns den simplen Gleichungen einer Kette zu widmen.

Also an der Sekretärin vorbei und hoch in den zweiten Stock, in das abgeschiedene Zimmer, das sich mein Büro schimpft. Ein Schreibtisch, das Regal zur Seite, eine flache Kommode am Fenster zum Hinterkopf. Überall und hier, liegen die Akten und lose Zettel verteilt. Mal wichtig, mal nicht. Aber jetzt kümmert mich das nicht. Ich umrunde den Tisch, nehme Platz auf dem Sitz meiner simplen Stunden an wüster Beschäftigung, die mich mancher Fall so gekostet hat. Die Kaffeetasse steht bereit, um meinen Gehirnzellen den nötigen Schub zu verleihen. Gleich wird das Telefon klingeln, ein nächster Fall mich rufen und Aufgabe als auch Pflicht ihr Nötiges fordern. Ich werde tun, ich werde lassen, was mein Ideal von mir verlangt.

Das Telefon klingelt wie erwartet, scheppernd, surrend und erfüllt den sonst tonlosen Raum erwartender Stille. Ich gebe dem natürlichen Reflex nach und presse den künstlichen Griff des veralteten Telefons an mein Ohr. Sofort höre ich die aufgeregt wispernde Stimme einer jungen Frau, die mich mit Panik in der Stimme darüber aufklärt, dass ihre junge Katze entlaufen sei und nun einsam und verlassen auf dem

Ast eines Baumes sitze.

Das Lächeln zu dem gutgemeinten Scherz an diesem noch frühen Morgen kann ich mir nicht verkneifen. Und dennoch, für die Frau ist es natürlich bitterer ernst. Ich beruhige sie. Erkläre ihr, dass sie leider an der falschen Stelle gelandet sei und helfe ihr, indem ich das Gespräch weiterleite. Mein erster Fall an diesem Morgen. Nicht gelöst und dennoch behutsam der entsprechenden Stelle in den Schoß

gelegt.

Ich kippe den nächsten Schluck an Kaffee in mich hinein, um die Gehirnzellen aus der Eintönigkeit der Bewegungslosigkeit zu ziehen und warte erst einmal ab. Mit Sicherheit wird etwas passieren, etwas geschehen, sich ergeben, dass sich als meine neue Aufgabe präsentiert. So, ist der Lauf der Dinge, der Natur, der Notwendig- und auch Betriebsamkeit. Simple Formel, die keine Formel einer Mathematik abliefert, aber der Schluss eigener Lösung, die sich da Geduld schimpft. So warte ich einfach und warte und warte. Eine Folgerung wird sich von alleine präsentieren.

Und wirklich, das Telefon klingelt erneut und stört die Ruhe meiner nicht Betriebsamkeit. Ich gehe dran und höre die sachlich, energische Stimme meines Chefs. Er ruft und zitiert mich zu sich. Eine Forderung, der ich nachgeben muss, denn es ist ja nicht so, als hätte ich die Freiheit einer Wahl. Die Kette der Befehlsgewalt, der auch ich hier nur unterliege. Ich erhebe mich von meinem Stuhl, gehe aus dem kleinen

Zimmer heraus und wende mich wieder dem Treppenhaus zu. In die erste Etage, wo die so oft schon zugeknallte Tür, mit der matten Glasscheibe und den schwarzen Buchstaben „Chef" mich erwartet. Mit ruhigem Schritt bin ich schnell da, öffne sie und betrete den Raum.

Mein Chef steht am Fenster, raucht paffend eine Zigarre und zur Begrüßung nickt er mir nur zu. Geflissentlich nicke ich zurück und folge der Forderung, auf dem Stuhl Platz zu nehmen. Dann drückt er den teuren Stengel an duftender Zigarre in dem Glasaschenbecher aus und wendet seine volle Aufmerksamkeit mir zu. Ich gehöre ihm, in dieser Sekunde, diesem Moment und auch als Ziel seiner Gesprächigkeit.

Mit seinem eigenem Akzent beginnt die Rede, die mit Sicherheit am Ende einen zu lösenden Fall mit präsentieren wird. So wende ich mich der Stille zu. Lasse in mich fließen, was er mir präsentieren wird.

Er schweigt ebenso erst einen Moment, blickt mich noch nachdenklich an. Seine Augen fixieren mich, während ich an seiner Stirn erblicken kann, wie er die Worte dreht und zusammen fügt. Er kratzt sich über die rauen Stoppeln des Dreitage Bartes an Kinn und Backen, räuspert sich kurz, stoppt jede Bewegung und lässt dann die wohl sortierten Worte heraus purzeln.

„Wie Sie wissen, habe auch ich meine Vorgesetzten. Und anders als ich, sind diese nicht sehr zimperlich, zurückhaltend ..." ein erneutes Räuspern *„... oder auch im*

Geringsten nur bescheiden." Er beugt sich mit einem Mal nach vorne auf den Schreibtisch, lässt die Unterarme herab sausen und die Rede gewinnt an Tempo. *„Ich durfte mich heute Morgen um 6 Uhr im Büro des Bürgermeisters einfinden. Aus dem Bett geklingelt, konnte ich mir morgens das Gezeter meiner Frau anhören und das Geplärre meines Sohnes, um den hohen Herren dienen zu können."* Erneutes Räuspern. *„...Zu müssen!" „Die Tochter des Bezirksstaatsanwalts wird vermisst. Sicher kennen Sie sie aus dem Fernsehen und der Zeitung."* Ein kurzer Stopp der holprigen Rede und mahnende Augen blicken mich an, wie der Lehrer seinen unaufmerksamen Schüler.

„Hr. Reuber. Ja, ich kenne ihn aus den Medien." Werfe ich brav meine Antwort ein. Er nickt zufrieden. *„Ich würde vorschlagen, sie setzen sich gleich mit ihm in Verbindung. Seine Tochter ist seit 12 Stunden verschwunden und es fehlt jede Spur. Dieser Fall zieht seine Wellen in den höchsten Kreisen. Scheitern Sie nicht, leisten Sie sich bitte keine Anfängerfehler. Sonst rollen unsere beiden Köpfe."* Auch jetzt, nicke ich geflissentlich brav. *„Ihre Sekretärin hat bereits die nötigen Unterlagen und Akten. Machen Sie sich sofort daran. Sie bekommen natürlich alle Unterstützung, die Sie brauchen."* Die nächsten Worte kommen in Zeitlupe und mit harter Betonung einzeln aus dem Mund seiner Autorität. *„Dieser Fall hat absolute Priorität." „Ich verstehe,"* sage ich, nicke und stehe auf. Ich verlasse den Raum und schließe die Tür behutsam hinter mir.

Solche Fälle kenne ich. Medienzirkus,, aufgeregte Bürgermeister und die ganze Stadt fiebert mit. Aufgesetzte Entrüstung, überspielende Hilfsbereitschaft und das wollende Greifen eines jeden Angestellten, der sich eine Beförderung erhofft. Ich aber, bin davon befreit. Es ist ein Fall, wie jeder Andere. Ich weiß, dass das nicht stimmt und doch rede ich es mir innerlich ein, denn nur so kann sich mein Verstand auf das Wesentliche, die Fakten, konzentrieren und genau das nur, brauche ich jetzt.

Ich halte meine Schritte langsam und gleichmäßig, auch wenn mein Inneres mich mit Spannung erfüllt. Sicher, ich habe schon viel erlebt. Denn entgegen den üblichen Pfaden der Menschheit, habe ich schon meine hundert Jahre hinter mir. Ich lebte bereits mehrere Leben in vielen Städten. Und nur deswegen erfüllt dieser Fall mich nicht mit Aufregung wegen der Umstände oder auch der Anspannung, die sich auf Grund des Druckes ausbreiten sollte.

Nein, es ist die Vorfreude auf ein Rätsel. Es ist wie ein Kind, das ein neues Puzzle in Händen hält. Es sieht das Bild auf dem Cover und weiß, dass nur ein paar Minuten später, ein bisschen an Arbeit und Konzentration, es genau das nur selber gestalten darf. Das Puzzle an für sich ist irrelevant, auch wenn es der Anreiz für das Gehirn, die sich wechselnden Funken der Neuronenbahnen ist. Es geht um

das Auflösen eines bis dato Unbekannten. Genau so nur, geht es mir bei meinen Fällen. Sicher, ich tue nebenher auch mein

Gutes. Mal rette ich ein Leben, ein andres Mal bringe ich einen Verbrecher der Gesetzte an seinen vorbestimmten Ort, das kleine Gefängnis.

Nein, müssen tue ich nichts davon.

Aber wie gesagt, ich liebe die Rätsel und ebenso das Spiel damit. Deswegen suche ich mir Aufgabe, Schwierigkeit und ebenso das Ungleichgewicht, das sich zur Nacht an den Schwachen vergreift. Die Minuten der Gedanken, die Sekunden, die die Stille der Bewegung mit Worten füllte, haben mich bereits zurück in mein Büro gebracht.

Die Akten liegen bereits auf meinem Schreibtisch. Und so überlege ich, ob ich mich durch den Wust der Blätter arbeiten soll. Nicht lange, nur ein paar Sekunden, dauert die Last der Entscheidung. Dann umrunde ich den Schreibtisch, lasse mich auf den Stuhl fallen und greife zum Telefon. Ein kurzer Druck auf die Schnellwahltaste und ich darf der fröhlichen Stimme meiner Sekretärin lauschen.

„Verbinden Sie mich mit dem Bezirksstaatsanwalt."

Es knackt in der Leitung. Ich höre das Surren der Elektrizität in meinem Ohr, das sich mit dem Rauschen der pulsierenden Stille vermischt.m Dann die Zeichen des Klingelns und Sekunden später ertönt die barsche, dunkle Stimme einer Autorität.

„Ich habe ihren Anruf bereits erwartet." Kommt es knapp und hart aus dem Hörer.

Natürlich hat er das. Er steht in der Ordnung der Systeme ganz weit oben und ist es gewohnt, dass ein Jeder ihm zu Kreuze kriecht. Und ebenso, da sollte es auch ich, ein kleiner Polizist, der am Tage ich nun einmal bin.

„*Setzen Sie mich ins Bild. Das übliche Verfahren läuft bereits, aber ich denke, das wissen Sie schon. Ich bin extra abbestellt, um genau das zu tun, was der Rest nun einmal übersieht.*"

Es grunzt einmal kurz aus dem Hörer. Eine Mischung aus Akzeptanz und leichter Verstimmung, da ich mich nicht an die sonst üblichen Förmlichkeiten halte. Es dauert nur kurz, dann schildert er mir die Umstände des Verschwindens.

Veronas Velvet

Alexandra hieß das junge Mädchen. Sie selber aber verabscheute den Namen zutiefst. Zu lang, zu holprig und fast schon zu brav, wie sie fand. Sie selber bevorzugte die Kurzform Alex. Damit war alles gesagt und vom Temperament glich sie sowieso mehr einem Jungen, denn einem Mädchen. Sie war rebellisch, ließ sich nichts sagen und ebenso fügte sie sich in keine Ordnung ein. Nur, wenn es sein musste. Und da der Bezirksstaatsanwalt nun einmal ihr Vater war, geschah dies öfter, als sie es sich gewünscht hätte. Dort ein Ball, hier ein Empfang, eine Wohltätigkeitsgala oder ein neu eröffnetes Museum. Die Gelegenheiten und auch Begebenheiten ließen nie auf sich warten. Und so sehr sie diese aufgesetzten Masken, diese aufgeschnörkelten Formen an Prunk auch verabscheute, ebenso sehr liebte sie auch ihren Vater. Und sie brachte es nicht über das Herz ihn bei solchen Empfängen zu blamieren. So trug sie in fast gleichmäßigem Takt an Tagen die Abendkleider, den Schmuck und die Haare edel in die Höhe frisiert und spielte die brave Anwaltstochter der High Society. Aber ebenso oft, da brach sie aus dem Glaskasten des feinen Lebens aus. Des Nachts schlich sie sich aus der Villa, stahl sich heimlich in normaler Kleidung vom Gelände zum örtlichen Park, wo sie sich mit Mark traf. Mark kam aus eher unteren Verhältnissen. Seine Mutter trank, der Vater war schon bei seiner Geburt abgehauen. Alexs Vater würde so etwas als Gesindel bezeichnen und nicht mal ansatzweise sich mit so etwas abgeben, geschweige denn ihm Aufmerksamkeit schenken. Für Alex aber war Mark der beste Freund und auch Begleiter, den sie sich wünschen konnte. Keine Regeln, keine Beschränkungen, wozu sie Lust hatten, genau das nur taten sie einfach ohne auf irgendetwas Rücksicht zu nehmen. Des Nachts wohlgemerkt. Denn zum Tage war sie die brave Anwaltstochter. Jetzt war eine der Nächte, wo sie einen schwarzen Kapuzen Pulli trug, eine einfache Jeans und die teuren rosa Turn Schuhe. Wie gewohnt, stahlen sich Mark und sie durch die dunklen Gassen der Stadt hinüber in die verbotene Zone. Alleine schon, dass in ihren aufgezwungenen Kreisen ein Viertel so bezeichnet wurde, erweckte jeden Reiz des Verbotenen. Und so mussten die beiden Jugendlichen diesem Ruf des Verbotenem einfach folgen. Hier und dort wurden Türen aufgeschlagen und der Mief aus dichtem Zigarettenrauch und abgestandenem Bier wurde von den scheppernden Bässen alter Lautsprecher begleitet. Eine dieser Kneipen hatte es Alex angetan. „Veronas Velvet" stand oben über dem Eingang in rosa Neon Leuchten. Sie ging ohne Zögern voraus und Mark folgte ihr. Kein Bodyguard an der Tür, niemand der nach dem Alter fragte oder Ausweise kontrollierte. In diesem Viertel tat man

so etwas nicht. Genau so wenig, wie die Polizei sich zur Streife hierhin bemühte. Die verbotene Zone hatte ihre eigenen Regeln und es gab keine Ausnahmen oder

Überschreitungen dieser eigenen Gesetzmäßigkeit. Mit flauem Gefühl im Magen sah Mark Alex in den Eingang eilen. Geradewegs stürmte sie hinein, an den Grüppchen von rauchenden und quatschenden Menschen vorbei. Dort schoss ein Arm im Feuer eines Satzes nach oben und er konnte nur in letzter Sekunde ausweichen, um nicht von der glühenden Zigarettenkippe getroffen zu werden. Im Schwung stolperte er fast in halb gefüllte Biergläser, wurde aber halb zornig wieder zurück gestupst. Nur kurz schoss die Verwirrung nach oben, vernebelte ihm die Sinne, ließ die Gesichter der Umstehenden in Fratzen von Dämonen verwandeln, die ihn alle ringsum auslachten. Nun taumelte er wirklich, suchte Halt, innerlich und äußerlich. Sank für einen Moment auf die Knie und kämpfte gegen den Impuls an, einfach wieder weg zu laufen. Raus hier, aus dem Eingang zur Hölle, weg aus dem Trubel der vernebelten Dunkelheit. Lieber wieder in die Gassen, die schwarzen Pflastersteine, deren Einsamkeit und Stille jeder Nacht, gerade jetzt nur, einen Ausweg als auch Erleichterung zu sein schien. Er kämpfte, er holte keuchend nur Luft und dann nur verging dieser eine Moment und er blickte wieder in lachende Gesichter quatschender Menschen. Er richtete sich wieder auf, diesmal noch verwirrter, das ungute Gefühl im Magen hatte sich verstärkt. Könnte er, so würde er mit Sicherheit den Warnungen des Magens folgen und einfach wieder gehen. Das hier, konnte nichts Gutes sein oder bedeuten. Aber Alex … Sie konnte er hier nicht einfach zurück lassen. An dem Ort, der seine

Vorahnungen und Visionen in solcher Weise hatte real werden lassen. Er sah sie nirgendwo. Und so blieb ihm nichts Anderes übrig, als ihr zu folgen. Vorbei an dieser schwarzen Schwingtür, hinein in das Gedränge an tanzenden Massen und hammer harten Bässen. Er ließ den Blick umherschweifen, suchte und versuchte zu finden. Aber er konnte Alex einfach nicht ausmachen. Verloren kam er sich vor. In Mitten von schwatzenden Menschen. Paare, die sich in Ekstase aneinander schmiegten. Mal hier die feuchten Lippen, die sich in Berührung vereinigten. Mal dort Hände, die unter Kleidung glitten und feucht schimmernde nackte Haut in Aufregung versetzten. Hüfte an Hüfte, Arm an Arm, Körper an Körper und der Schweiß einer verbotenen Nacht ließ den Nektar der Lust in die Massen schwappen. Und Mark alleine mitten drin. Ohne Zusammenhang, ohne Verbindung und fast schon abgeschottet von dem Rest dieser eigenen Nacht. Er suchte und suchte und ließ die Einladung der Vergnügung am Äußeren einfach abperlen. Alleine und auf der Suche in einer Masse der Einigkeit. Und Alex … ?

Die fand er nicht. Nicht in dieser Nacht und in den Nächsten auch nicht mehr.

Chapter 3

Im Grunde hatte ich es nicht anders erwartet. Der Bezirksstaatsanwalt hatte keine Infos für mich, die mich weiter bringen konnten. Es war enttäuschend, aber im Grunde immer so. Das hatte ich in meiner bisherigen Zeit als Polizist bereits gelernt. Mütter liebten ihre Töchter, Väter ihre Söhne und jeder der Verwandten in einer Familie wertschätze den Nächsten darin. Sie waren eine Einheit, eine Gemeinsamkeit und eine in Jahren zusammen gewachsene Gruppe. Fragte man nach, so kannte Jeder einfach Jeden. Er konnte erzählen, schildern und das Bild mit etlichen Farben pinseln. Ging man in die Tiefe, grub man weiter, genau so, wie es ein Fall verlangte, so tauchte ab und zu das gut gehütete Geheimnis auf. Eben das, was jeder wusste und alle verschwiegen oder ignorierten. Und dann, nur wieder kurze Zeit später, tauchten dann unfreiwillig genau die Informationen auf, die das wohl gezeichnete Bild, nun ja gelinde gesagt, wieder entfärbten. Die Tochter war nicht wie die Mutter erwartet und geschildert hatte. Der Vater hatte eine Liebschaft nebenher und der Zusammenhalt war nur notgedrungen zum Weihnachtsessen zu finden. Nichts blieb wie es schien. Und die Wahrheit, das richtige Bild, zeichnete sich selber erst mit der Zeit anders als zu Anfang eines Falls so leichtfertig präsentiert. Deswegen wusste ich, dass ich die Infos des Vaters über seine Tochter Alex, zwar schön notieren durfte, aber wohl weisslich im Hinterkopf behalten durfte, dass nichts bleiben würde, wie es das wollte. Nachdem ich den Hörer aufgelegt habe, überlege ich noch, ob ich die Mutter ebenfalls befragen soll. Dann schiebe ich es in die Ecke vernünftiger Überlegung und ziehe den Schluss einer anderen Gedankenkette nach vorne. Ich werde in die Universität fahren und die Freunde von Alex befragen, in so weit ich sie dazu bekomme, mit mir zu reden. Vielleicht bekomme ich genau dort die erste Spur, die ich brauche, um an die Geheimnisse zu kommen, die mehr Wahrheit als erste Spur mir zeigen wird. Es bleibt zu hoffen, dass ich mehr finde, als das schöne Gemälde des Vaters einer braven, anständigen Tochter, die nie Fehler beging und ebenso wenig keine Laster hatte. Und so sitze ich kurze Zeit später wieder in meinem schwarzen Mustang und lasse ihn sanft schnurrend durch den Verkehr gleiten. Es ist Vormittags, zur frühen Stunde noch. Die Meisten sind auf der Arbeit, die Gleitzeit Untertanen gerade auf dem Weg. Die Sonne oben über den Dächern reckt hell erleuchtet, aber ebenso auch nur müde im Anbruch des noch frischen Tages, ihre Strahlen über die Flüsse dieser Stadt. Die kein Zentrum in dem Sinne besitzt, aber viele eigene Ausläufe konzentrierter Anläufe für einen jeden Zweck, ein jedes Ziel sein Eigenes. Sei es der Konsum, die Muße der Freizeit am wirklichen Fluss mit eigener Promenade oder eben die Fort- als auch Weiterbildung der nächsten Generationen, die irgendwann das Werk dieser Gegenwart, nun einfach immer besser machen sollen. So gleicht die Entwicklung der Zeit, die sich im Zeiger der Uhr weiter bewegt, ebenso der Treppe an Evolution, die nicht im Kreise, sondern einer Treppe gleich, sich einem noch unbekanntem Ziel annähert. Durch Wissen, durch Fortschritt, durch Technik und ab und an viel öfter noch durch den Zufall und sein Missgeschick, das so eine neue Variation ergibt. Niemand hier, denkt jetzt gerade über so etwas nach. Vielleicht in den Räumen der Biologie, der Psychologie oder auch der Religion, die die eigene Ethik in Frage stellt. Ich habe meinen Wagen im Parkhaus abgestellt, dem Pförtner meine Marke vor das Gesicht gehalten und bin bereits auf dem Weg in das hohe Gebäude. Es gibt hier drei Zentren, die sich nicht mit Zufälligkeit in die Höhe strecken. Unzählige Fenster hinter die noch frischen Erwachsenen sich den zwangsweisen Studien hingeben. Ebenso übergebe ich dem Zufall das Lenkrad und wähle das mittlere Gebäude in dessen Eingang ich mich zwänge. Ich folge dem toten Gang an hohlen Tönen. Noch ist es die Stille, die sich hier breit macht. Nur Tür für Tür erhasche ich das Geräusch dahinter. Das Kratzen von Stiften auf Papier, der eifrige Vortrag eines fleißigen Studenten oder die mahnende Stimme, die die Klasse zur Fleissheit antreibt. Hinter jedem dieser Türen herrscht eine eigene Wirklichkeit, die zwar dem Moment dient, aber mit Wissen und gerade der Studie, nur auf die Zukunft zielt. Im Grunde ist dies irrelevant und dennoch muss ich meine Gedanken mit Dingen füllen, so wie sich in dem leeren Gang die Stille breit macht. Denn Leere gleicht eher einem Vakuum, einem schwarzen Loch, das zwar ist und dennoch im Grunde nur frisst. Ein Teil der Gegenwart, die Sekunde und dann auch den Anfang der neuen Zukunft malt. Es dauert nur Minuten bis ich mich an der schnöden weißen Tür wieder finde mit der Aufschrift Sekretariat zur rechten Seite. Ich klopfe kurz und werde dann von einer barschen Stimme herein gerufen. Ich kann den Impuls nur schwer unterdrücken mich emsig zu beeilen durch den Eingang zu schlüpfen und mich stramm zum Pult hier hin zu stellen. Und wirklich, der Blick der Sekretärin trifft mich argwöhnisch und versucht mit strafender Miene ein schlechtes Gewissen zu produzieren, das so nicht zu sein hat. Mit Sicherheit hat sie ihre Studenten oder Missetäter, die sich hier sammeln und einzufinden haben. Aber ich? Missetäter? Eher Schauspieler einer verdeckten Wirklichkeit, aber kein Übeltäter, der sich zu

rechtfertigen hat. Ich ordne meine Gedankengänge, sperre den Wust an Kreativität wieder ein, der mir gerade bei meinen Ermittlungen am Tage sehr dienlich ist. Ich ziehe die Marke unter der Jacke hervor, zeige sie der Sekretärin und sofort ändert sich das Muster der Autorität. Ihre Züge verspannen sich, sie blickt kurz runter, fährt die Maske an aufgesetzter Freundlichkeit hoch und fragt: *„Was kann ich für sie tun?"* *„Es geht um Alexandra Reuber. Ich bin in ihrem Fall beauftragt worden. Ich bräuchte ihre Akte, sofern vorhanden, so wie ihren Studienplan. Und wenn sie auch sonst irgendwelche Infos hätten, so würde mir das sicherlich* *helfen.*" Sofort dreht sie sich weg, geht zu dem Regal ganz hinten im Raum und durchwühlt den Stapel an Papieren. Es dauert wieder einmal ein paar Minuten, bis sie gefunden hat, was sie für mich hat. Sofort kommt sie mit einer Ordnereinlage voll an weißen Blättern zu mir herüber und legt sie sorgfältig vor mich hin. Ich schlage es auf, blende die Umgebung aus und scanne im Sekundentakt die vor mir liegenden Infos. Die Ausbeute ist etwas vage. Bis auf den Plan ihrer Studienzeiten und Räume, finde ich nicht viel. Das Einzige, was mir ins Auge springt, sind etliche Krankschreibungen, des immer gleichen Arztes. Ich zeige sie der Sekretärin. Sie blickt mich nur fragend an. „Wissen Sie etwas darüber? Hat sie irgendeine chronische Krankheit, gab es irgendwelche Auffälligkeiten?" Natürlich blickt sie mich nur weiter unwissend an und verneint dann jegliches Wissen. Mir war klar, dass sie keine Infos als die reinen Unterlagen für mich haben würde. Aber einen Versuch war es wert. So verlasse ich das Sekretariat und widme mich wieder den Gängen und freue mich mit sarkastischem Unterton auf die Befragung etlicher Studenten und auch Lehrer. Viel Graben, ungemütliche Fragen und das altbewährte Lesen in der Miene.

Veronas Velvet II

Es war eine Nacht, wie jede Andere auch. Mit Sicherheit zählte sie die dunklen Stunden nicht. Wozu auch? Vergehende Lebenszeit, die sich aneinander reihte und paarte und so einen Fluss ergab, an dem eine jede Existenz sich nur anpresste. Sicher war sie keine Gelehrte und eine Philosophin schon gar nicht. Dennoch füllte sie die Stunden den langen Nächte manchmal mit Gedanken, die eben diese wieder verschwinden ließen. Ihr Blick huschte über die Bildschirme der Kameras. Sie beobachtete die Massen an Menschen, wie sie in den Eingang strömten, sich aneinander und miteinander in der Masse bewegten. Manche waren betrunken. Andere voll Vorfreude, gerade eben darauf. Für eine Nacht würden sie den Tag und die Pflichten der Menschlichkeit ganz einfach vergessen. Matrischka war das egal, solange sie in ihren Club strömten. Sicher verdiente sie gut Geld mit dem Club. Die Kasse stimmte und trotz anfänglicher Schwierigkeiten, schrieb sie mittlerweile große grüne Zahlen. Sie aber interessierte sich nicht für Geld. Dafür hatte sie schon zu viel gesehen, erlebt und besessen als auch verloren. Im Laufe der Zeit halt, verlor Einiges an Bedeutung und Anderes gewann dazu. Das zumindestens hatten sie die Jahrzehnte bereits gelehrt. Ebenso war das gekonnte Verwischen von Spuren zu ihrem zweitbesten Handwerk geworden. Das Verstecken, das Verbergen ihres wahren Naturells, auch wenn es ihrer Person absolut nicht entsprach, war zur zweiten Lebensaufgabe verkommen. Genau deswegen dieser Club, die Nächte vor dem Bildschirmen der Kameras. Das Betrachten der Masse, ohne sich zu sehr selber darin zu tummeln. Sicher bedeutete das nicht, dass sie keinen Spaß haben durfte. Sie musste nur leider mehr mit dem Dunkel spielen als ihr es selber lieb war. Sie nahm das Micro vom Schreibtisch und rief Bernhard zu sich. Sie zeigte ihm auf der Aufnahme einen Ausschnitt und er wusste, was er zu tun hatte. Ohne Murren machte er sich auf den Weg und erledigte das Geforderte. So, wie ein Jedes Mal in den Jahren, in denen er ihr schon zur Seite stand. Als Bodyguard, als Gehilfe, als Diener und auch eben als ein Stück weit ein Vertrauter. Wenigstens Einen auf den sie sich in all den Jahren verlassen konnte. Ihr eigener Fels in der Brandung. Ein Stein ganz sicher. Muskulös, durchtrainiert, ein Ex Soldat halt, den sie weit ab der Zivilisation aufgegabelt hatte. Er lag im Sterben. Von den engsten Vertrauten verraten und zurück gelassen. Etwas von ihrem Blut, geheilt und mit neuer Kraft, war er ihr von nun an zur Seite. Sie wandte sich von den Kameras ab und ging in ihre Umkleide. Vor dem großen Spiegel musterte sie sich. Sie war nicht selbstverliebt, aber dennoch gefiel ihr, was sie dort sah. Sie war eine unscheinbare Frau. Sanfte Züge, braune Haare. Das Abbild der Verletzlichkeit, die Weichheit, die bei Männern den Beschützerinstinkt erweckte. Einer der Gründe, warum ihr Jeder vertraute und eben niemand misstraute. Sie kämmte sich durch das Haar, sah es kurz grün aufleuchten in den braunen Augen. Das kurze Züngeln einer Flamme, die ihr Innerstes verbarg, bevor sie erlosch. Dann nickte sie sich kurz zu und verließ den Raum. Bernhard hatte sicher schon alles vorbereitet. Es wurde Zeit für den Augenblick dieser Nacht.

Chapter 4

Mit wie vielen Studenten ich gesprochen hatte, konnte ich im Nachhinein nicht mehr fest stellen. Unendliche Momente an aufgestauten Emotionen. Spielende Hände, die Nachrichten in Smartphones tippten. Der nervige Bestätigungs- als auch Nachrichteneingangston, der die gelangweilte Miene der Jugendlichen begleitete, die meinen Worten lauschten und nur ab und an ein Grunzen folgen ließen. Sie interessierten sich nicht für das Verschwinden einer ihrer Mitstudentinnen. Warum auch? Jeder hier machte mal blau, ließ sich den Unterrichtsstoff abtippen oder lud ihn sich aus dem Netz. Ein paar Tage lang, verschwand jeder Student/jede Studentin einmal. Nur ging es ihnen da sicher nicht schlecht, sondern eher genossen sie den Spaß mit Alkohol am See, das verbotene Kiffen oder was auch sonst eben einfach gegen jede Norm schoss. Denn nur so lebte ein Jungspund seine Widerspenstigkeit aus. Eben gerade gegen alles. Auch das war nur so irrelevant und dennoch ein Muster, das sich hier in Einzelteilen vor mir abspielte. Es war etwas schwer, bei diesem Desinteresse überhaupt irgendwelche Infos zu bekommen. Und doch, Satz für Satz, Phrase um Phrase, im Beilauf nur, da konnte ich mir das Puzzle einer Wirklichkeit zusammen setzen. Auch wenn es nur ein Teil der Vergangenheit war. So erfuhr ich etwas über Alexandras Asthma und ihren Freund Mark, mit dem sie herum hing.

Auf jeden Fall eine dicke Spur, die ich verfolgen musste und wollte. Ansonsten erfuhr ich Etwas und auch Einiges über ihr Liebesleben. Freunde hier, Partnerschaften da und ab und an der oft geübte One-Night Stand. Das gehörte zu den Geschichten, wo die Langeweile dann wieder verschwand und mit einem Mal das Feuer der Aufregung in die Augen des Jugendlichen schickte, der mit überschäumenden Mund Abenteuer und Abenteuer schilderte. Was war interessanter als die Bettgeschichten und Laster einer Mitstudentin, Mitkonkurrentin im Tanz der Geschlechter (wenn auch noch im Jugendalter) ? So mache ich mich nur Stunden später wieder auf den Weg. Wieder durch den Verkehr, diesmal etwas stockender, und schiebe mich durch die Flüsse der Stadt zu meinem nächsten Ziel. Vor einem Einfamilienhaus parke ich dann in der breiten Einfahrt, mit gerade geschnittener Hecke und dem ordentlich bepflanztem Beet. Ich ließ die Tür des Mustangs zuknallen und überwinde die kurze Entfernung zum Hauseingang. Scheppernd, sirrend und metallisch leicht, erklingt die Türklingel. Dann schlurfende Schritte zur Haustür und eine argwöhnische Miene begrüßt mich mit einem verstimmten „*Ja*". Ich ziehe meine Marke und halte sie vor das Gesicht der Mutter. „*Ich hätte ein paar Fragen an Sie, wenn sie so freundlich wären.*" Sie inspiziert die Marke, greift schon fast mit triefendem Argwohn danach. Sekunden später scheint sie beruhigt und lässt mich in das Haus. Ich folge ihr in den kleinen Flur mit fein besticktem Teppich und dem Wandschmuck aus dem 1

Euro Laden an den Wänden. Sie führt mich ins Wohnzimmer, bietet mit Kaffee oder Tee an und dann nehmen wir zusammen auf den breiten Sesseln Platz. Auch hier, die übliche Ikea Einrichtung, die das Wohnzimmer aus dem Katalog abpinselt. Blumen und Farben, bestickte Muster, Deckchen und ebenso ein Wandschmuck in Variation. Schnaufend sinkt sie in den Sand zu meiner Linken, blickt mich gespannt, innerlich aber voll Abwehr an. Genau das nur, kann ich in ihrer verkniffenen Miene, den zusammengepressten Lippen und dem wachsamen Blick lesen. Die oft gestellte Frage *„Worum geht es?"*, die darf ich hier gekonnt vermissen. Und so beginne ich einfach das Gespräch. Dem Muster nach, hole ich meinen kleinen Notizblock aus der Tasche, den Kuli dazu und klappe den Deckel bis zu vollgekritzelten, weißen Blättern auf. *„Es geht um ihren Sohn Mark,"* beginne ich vorsichtig. *„Was ist mit ihm? Hat er was angestellt?"* Kommen sofort die misstrauischen Fragen der Abwehr von ihr. *„Nein, hat er nicht. Eine seiner Mitstudentinnen ist verschwunden und ich bräuchte ein paar Infos von ihm, gerade zu ihr. Sie sollen ziemlich eng befreundet sein. Alexandra Reuber, vielleicht erinnern sie sich an sie??"* Ich kann auch jetzt in ihr lesen, wie ihre Abwehr verschwindet. Ihr Sprössling ist nicht in Gefahr und so werden die Krallen des Muttertieres wieder eingefahren. *„Ja, ich kenne Sie. Wie sollte ich es auch nicht? Die Nachrichten sind voll davon. Die Tochter des Bezirksstaatsanwalts, natürlich sorgt so etwas für*

Aufregung. ... Wenn Sie mit ihm sprechen wollen, er ist oben, die Treppe rauf." „Das würde ich sehr gerne." Sage ich und schwer, träge, hieft sie sich vom Sessel hinauf und begleitet mich zur Treppe in das nächste Stockwerk. Auch hier an den Wänden dieser kleinen Wendeltreppe finden sich Bilder und eben der Wandschmuck, der auch sonst die Wohnung schmückt. Innerhalb kürzester Zeit habe ich die paar Stufen überwunden und finde mich auf einem Flur wieder mit etlichen Zimmern zu den Seiten. Hinter Einer höre ich das Geplärre der gerade angesagten Rockband. Ich brauche kein Genie zu sein, um mir denken zu können, dass dahinter Mark zu finden sein wird. Ich klopfe an der Tür, warte kurz. Keine Reaktion. Dann klopfe ich erneut und dann noch einmal. Außer dem Rauschen der Musik höre ich sonst nichts und so öffne ich einfach die Tür und erwarte natürlich die Zurechtweisung, die mir der Jugendliche entgegen schicken wird. So oder so. CD`s, Covers, Bücher, Zeitungen und etliches Andere liegt auf dem Boden verteilt. Die gekonnte Unordnung, die nur ein Jugendlicher als bewohnbare Ordnung betrachten kann. Man räumt nicht auf, nein, man lebt einfach Drumherum um die Spuren und Reste, die der Alltag auf dem Boden der Örtlichkeit hinterlässt. Aber genau das nur wieder, ist jetzt nicht wirklich von Belang. Ein junger Kerl mit schwarzen Locken, hochgewachsen, schlank und sportlich, guckt mich argwöhnisch an. Keine Worte der Zurechtweisung, kein Meckern, kein Toben wegen meines Eindringens in sein eigenes Reich. Nur der Blick an

Aufmerksamkeit, der erwartend versucht mich einzuschätzen. Ich zeige ihm kurz meine Marke und das Misstrauen verstärkt sich. Für einen Moment huscht sogar ein Schrecken über die blauen Augen des Jugendlichen, den er sofort und geschickt aber wieder versteckt. Ich gehe hinüber zur schwarzen Schlaf Couch, lasse mich hinunter sinken und mustere ihn erstmal nur schweigend. Trainiert durch etliche Streitgespräche, Zurechtweisungen und auch Strafen, wie sie das Aufwachsen eines Jugendlichen nun mal begleiten, hält er dem Schweigen weiter stand. Ich lasse die fehlenden Worte weiter im leeren Raum stehen, nur noch für ein paar Minuten. Dann zerbreche ich das Vakuum stehender Luft und beginne nach Informationen zu angeln: *„Sicher weißt Du, dass Alexandra verschwunden ist."* Für einen kurzen Moment verspannt sich wieder die Miene und ich sehe, dass sich ein schlechtes Gewissen hinter der Stirn abspielt. Antworten tut er trotzdem noch nicht. *„Ich weiß, dass ihr Beide befreundet seid. Und ich weiß, dass ihr Etliches zusammen unternommen habt. Sicher nicht nur Dinge, die Deine Mutter oder sonst wer erfahren sollte."* Und auch jetzt reagiert seine Miene, auch wenn er es weiter zu verstecken versucht. *„Erzähl mir einfach Alles, was sonst keiner weiß. Ich werde es für mich behalten, kein Lehrer, nicht Deine Mutter oder sonst wer, wird es erfahren. ... Aber ich muss Alex finden und dafür brauche ich Deine Hilfe. Anders geht es leider nicht. Wenn Du mir hilfst, genau dann nur, hilfst Du auch ihr. ... Also, ich bitte dich."* Extra provokant mache ich eine Pause und blicke ihn an. Ich kann sehen, wie sich seine Miene wieder entspannt und langsam, immer mehr, mir genau die Worte und Informationen präsentiert, auf die ich eben hoffe. Er erzählte mir von den nächtlichen Ausflügen mit Alexandra in die verbotene Zone. Und als er einmal sein Schweigen zerbrochen hatte, sprudelte es nur so aus ihm heraus und ich erfuhr jedes Detail, egal, was für Konsequenzen das nach sich ziehen konnte. Aber er wusste, dass außer Alexandra nichts für mich eine Bedeutung hatte. Und dann kam er zu der Nacht des Verschwindens und präsentierte mir den Namen „Veronas Velvet". Das war die Spur, die ich brauchte. Der Hinweis, auf den ich gehofft hatte. Und nachdem ich ihm nochmals mein Schweigen versichert hatte, so wie die Bemühungen alles zu unternehmen, um Alexandra zu finden, machte ich mich auf den Weg. So befinde ich mich jetzt in einer abgelegenen Gasse der verbotenen Zone. Es ist still hier, eine einsame Einöde am Tag, die sich erst zur Nacht und im finsteren Schwarz, mit Leben füllen wird. Aber auch dann werden es nur finstere Gestalten sein. Wesen, die in versoffenen Spelunken und verunreinigten Bierkrügen ihr Seelenheil verloren und abgegeben haben. Die Neon Schrift des „Veronas Velvet" taucht auch jetzt, am Tage, in den Schatten des dunklen Gemäuers unter. Keine leuchtenden Buchstaben, nur verrostetes Eisen und abblätterndes Plastik. Ich werde heute Nacht wiederkommen müssen, wenn die Nacht die Finsternis wieder mit Leben erweckt. Aber dann, werde ich kein Polizist sein. Sondern in der Nacht meine Pfade streifen. Diesmal aber mit einem Ziel.

Das Phantom ~ 111/244 ~ Bruno T. Schelig

Veronas Velvet III

Sie betrat den Raum und ließ ihren Blick hindurch streifen. In der Mitte der Glastisch mit den Gläsern. Der Silberkrug mit dem Eis und der Flasche Champagner. Zu der Seite die hohen Kristallgläser. An der rechten Wand die Bar. Die junge Frau, die sie in der Kamera gesehen hatte, musterte sich gerade selbst im Spiegel. Ihre roten kurzen Haare, sträubten sich und fielen wieder zurück, als sie mit der rechten Hand hindurch fuhr. Ihr Teint, fast zu weiß, mit roten leichten Sommersprossen verziert, die grünen Augen dazu, die sie jetzt beim Reinkommen im Spiegel fixierten. Diese junge Frau fiel auf und war in ihrem naturgegebenen Aussehen schon bereits kein Durchschnitt mehr. Einer der Gründe, warum Matrischka sich eben für sie entschieden hatte. „Setz Dich." Sagte Matrischka und lächelte ihr zu, während sie mit beiläufiger Geste auf einen der Stühle am Glastisch zeigte. Die junge Frau musterte sie, von oben bis unten, versuchte in Miene und Augen, Absicht und Zweck zu finden. Wie es schien, kam sie zumindestens zu dem Ergebnis, dass von ihr keine Gefahr ausgehe. Und so nickte sie nur zur Bestätigung und folgte der Aufforderung. Nun saßen sie beide an dem Glastisch. Seltsamerweise strahlte die junge Frau kein Unbehagen aus, kein Misstrauen, nur Neugier. Was auf jeden Fall von Selbstvertrauen sprach. Matrischka füllte die zwei Kristallgläser mit dem sprudelndem Getränk. Wartete ab, bis der Schaum sich zum Rand des Glases aufplusterte und dann wieder hinabsank, um die Gläser bis zur Kante füllen zu können.n Sie stieß mit der jungen Frau an, beide nahmen einen Schluck und dann begann der Moment der Stille, in dem Matrischka das Wort ergreifen musste. Sie wartete ein paar Minuten und dann begann sie. „Sicher fragst Du Dich, was Du hier zu suchen hast? Warum mein Bodyguard Bernhard Dich hier hingebracht hat? Du darfst dies als Ehre ansehen, denn nur ausgewählte Personen werden hier her gebracht." Begann Matrischka. Alex blickte sie fragend an: „Ausgewählt?" „Es ist etwas kompliziert zu erklären, aber das kommt alles noch. … Versprochen. Auf jeden Fall wird nach Deinem Besuch hier, nichts mehr so sein wie vorher. Das verspreche ich Dir. Und bevor Du fragst, es wird nur besser werden. Eine neue Welt, so kann man sagen. Auch das, verspreche ich Dir. … Darf ich Dich zuerst nach Deinem Namen fragen?" Führte Matrischka die Unterhaltung weiter um die Klippen des Glatteises des Kennenlernens. „Alexandra Reuber. Meine Freunde nennen mich einfach Alex." Kurz und knapp kamen die Worte. Und Matrischka konnte den ersten Hauch an Misstrauen und Vorsicht spüren. „Reuber." Matrischka überlegte kurz. „Den Namen kenne ich von irgendwo her?" „Er ist der Bezirksstaatsanwalt hier. Ein hohes Tier." Mehr als nur bloße Worte an Informationen, mit dem Beiton an Verbitterung. „Ja. Ich erinnere mich. Ich habe den Namen in der Zeitung gelesen. Damit bist Du zum Teil auch ein V.I.P." Lächelte

Matrischka sie an. Aber Alex ging nicht darauf ein, sondern begann innerlich zu mauern. Hypersensibilität und das gekonnte Lesen in Menschen nach gerade der Botschaft, die sie verstecken wollten, waren Techniken, die Matrischka im Laufe der Jahre gelernt und studiert hatte. Von Nutzen, notwendig und zum Teil auch überlebenswichtig. „Das, weswegen ich Dich ausgewählt habe, Alex, ist etwas kompliziert. Und mit Sicherheit würdest Du es nicht so einfach verstehen können oder auch wollen." Matrischka stand vom Stuhl auf und ging zur Bar hinüber. Dort stand ein Silbertablett mit zwei kleinen Schnapsgläschen bereit. In der Mitte die 0,7 l Glaskaraffe mit einer dunkelbraunen Flüssigkeit darin. Alex folgte Matrischka mit aufmerksamen Blick, sagte aber nichts. Matrischka füllte beide Gläschen bis zum Rand und ging dann mit dem Tablett zurück zum Glastisch. Dort stellte sie es in der Mitte ab und platzierte jeweils eines der Gläschen neben die Sektgläser. Dann nahm Matrischka wieder Platz. Alex roch an dem kleinen Gläschen, aber natürlich konnte sie es so nicht zuordnen. „Was ist das?" Fragte Alex, langsam doch etwas misstrauisch. „Es ist schwer zu erklären. Und mit Sicherheit kannst Du mir nicht so einfach vertrauen. Das verstehe ich. Dennoch würde ich Dich bitten Dein Getränk zu Dir zu nehmen und alles wird sich von selber erklären." Alex haderte innerlich mit sich. Für und wider, Misstrauen und Zweifel. Dann, nicht ganz freiwillig (mit etwas an Gedankenmanipulation durch Matrischka) kippte sie das

Getränk hinunter.

Das Phantom ~ 115/244 ~ Bruno T. Schelig

Sie hatte an dem kleinen Gläschen zwar gerochen, konnte den Duft aber nirgendwo einordnen. Und auch als sie es in den Rachen gekippt hatte, konnte sie noch nicht sagen, was es jetzt genau war. Es schmeckte etwas trocken, ja, wie teurer Wein, aber der Nachgeschmack erinnerte irgendwie, … an was? … Irgendwie metallisch, ja nach Eisen. Sie wollte Matrischka fragen, was genau das war. Kam aber nicht dazu. Denn mit einem Mal musste sie würgen. Es rumorte in ihrem Magen, verkrampfte sich, zog sich wieder zusammen. Übelkeit wäre angenehmer gewesen, als solche Magenkrämpfe.

Sie versuchte vom Stuhl aufzustehen, schaffte dies auch mit zitterndem Körper. Sie verlor den Halt nach einem erneuten Krampfanfall und versuchte sich in letzter Sekunde am Rande des Glastisches festzuhalten, nur um dann wegzurutschen und Gläser mit sich auf den Boden zu befördern. Sie schlug mit dem Kinn auf dem roten Teppich auf. Schmerz schoss ihr hinauf bis in den Nacken und natürlich durfte sie die ersten Blutstropfen in ihrem Mund schmecken. Ein paar Sekunden, Momente ohne Besinnung, blieb sie liegen, bis sie versuchte, sich wieder aufzurichten. Sie stützte sich am Boden ab, durfte im unterdrücktem Schmerzensschrei den linken Arm wieder vom Boden nehmen und rollte sich geschlagen auf den Rücken.

Ein Blick auf die Hand.

Natürlich war sie voll ins Fettnäpfchen getreten und begann

die Glasscherben aus der Handfläche zu ziehen. Ein Moment noch, in dem sie versuchte, willentlich ruhig zu atmen und die Verwirrung in die Tiefen zurück zu schicken, aus der sie sich erhoben hatte. Erneut versuchte sie sich jetzt aufzurichten, diesmal mit der rechten Hand und schaffte dies, wenn auch etwas holprig. So fand sie sich Minuten später wieder auf den Beinen wieder. Sie erblickte die Scherben am Tisch und Matrischka, die sie mit einem Lächeln beobachtete.

„Sieh Dir Deine Hand noch einmal an." Sagte Matrischka.

Und auch wenn Alex nicht wusste wieso, tat sie dies ohne Zögern. Dafür blieben die Sekunden stehen, als sie erblickte, was im Grunde nicht mehr zu sehen war. Die Schnitte der Glasscherben von eben waren weg. Fragend blickte sie Matrischka an.

Diese zeigte auf den Stuhl.

„Setzt Dich. ... Und mach Dir keine Gedanken um die Scherben am Boden. Einer meiner Angestellten wird diese nachher wegmachen."

Etwas verunsichert ging Alex die paar Schritte zum Stuhl und ließ sich hinab sinken. Gespannt auf das, was Matrischka jetzt sagen würde. Denn dass es anders als Alex erwartete, vorher jemals alles sein musste, nun, das war Alex schon zu 100 % klar. Nichts hier war, wie es sein sollte oder die Umstände eines normalen Abends in einem Club erschaffen sollten. Plötzlich kam ihr eine Frage in den Sinn.

Sie überlegte kurz, schob sie dann wieder nach hinten, um erst einmal zu sehen, was auch so von Matrischka kommen würde.

Matrischka schwieg einige Minuten und blickte sie erstmal nur an. Dann langsam kamen die Worte.

„Es ist kompliziert zu erklären. Vor allem, da alles neu für Dich ist. Und wähle ich die falschen Worte, nun ja, wirst Du wahrscheinlich so schnell aus dem Zimmer und aus dem Club rennen wie möglich und mich als Verrückte ansehen. ... Ich bitte Dich aber darum, egal was ich Dir sage, was Du zu hören bekommst, einfach bis zum Ende zu warten und erst dann eine Entscheidung zu treffen. Und falls Du Fragen hast, dann stell sie einfach." Sie machte eine kurze Pause, in der Alex nur etwas verunsichert nickte und fuhr dann fort.

„Die Einleitung hat sich fast wie ein Vortrag in einem Deiner Studienräume angehört. Aber sei Dir versichert, so war das nicht gedacht ... Wie auch immer. ...

Die Geschichte der Menschheit ist voll an Mysterien, an Mythologie, Legenden und dem daraus resultierendem Glauben. Es gibt den Himmel, die Hölle, die Dämonen, die Engel, Werwölfe und natürlich nicht die Vampire zu vergessen. Dabei wissen die Menschen im Grunde nie, was in Wirklichkeit gespielt wird. Sie haben nur eine Ahnung, Vorahnung dessen, was sie leichtfertig dann in Träume abtun. Dann noch etwas Wissenschaft dazu und ein ganzer Globus hat sich im Abbild seiner Vorstellung wieder die

Scheibe einer Welt erschaffen. Über den Rand geht keiner und drunter gucken? Nun die Angst vor dem Absturz herrscht da vor.

Manchmal aber, wenn das „Andere", wollen wir es mal so nennen, stärker ist, dann stößt es einen Menschen einfach über den Rand. In einen Strudel an Unwissen, Möglichkeit, Fehlern und der einzigen Variation, die Zufall dann bilden kann, geht er verloren oder überlebt den Tornado der Neuentdeckung.

Ich sage Dir das, weil auch Du jetzt über den Rand gestolpert bist. Mit meiner Hilfe ganz sicher. Aber in Dir war etwas, das auf die Entfaltung seines Potentiales gewartet hat. Wäre das nicht passiert, hätte ich Dir nicht in dieser Weise geholfen, hätte es nur zwei Möglichkeiten gegeben.

Die erste wäre, dass Du als Mensch gelebt hättest und auch so gestorben wärest. Die zweite wäre, dass durch Zufall etwas erweckt worden wäre und Du im Feuer des Unbekannten ganz sicher durchgedreht wärest."

Matrischka machte hier ein paar Minuten Pause und ließ Alex Zeit, das Gehörte zu verdauen.

„Was bedeutet das jetzt? Was willst Du damit sagen? Dass ich kein Mensch mehr bin?" Stellte Alex leicht abwesend die Frage, während sie in Gedanken das Gehörte nach einer Antwort durchwühlte.

Sie blieb sitzen, sie reagierte nicht in Panik und sie schottete sich nicht ab. Das waren sehr gute Zeichen. Matrischka hatte schon andere Anfänge erlebt. Nein, Alex war nicht die Erste, die sie in die Familie einführte. Gut und gerne waren es sicher schon an die 12 Frauen und ein Mann gewesen, die hier im Laufe der Jahre bei ihr gesessen hatten. Der Mann war nicht lebend aus dem Raum gekommen. Ihn hatte sie verspeist. Das Bild der schwarzen Witwe, die ihr Männchen nach der Vereinigung ganz einfach auf frass, ja, das passte.Im Geist musste sie darüber lächeln, wenn auch nur aus Schadenfreude. Es gab keine Männer in der Familie, sie waren ganz einfach zu aggressiv, sorgten für zu viel Aufregung. Und so wurde vor langer Zeit schon beschlossen, keine Neuen, männlichen mehr aufzunehmen.

„Du bist ein Mensch," begann Matrischka die Rede wieder. „Aber durch das Getränk wurde etwas in Dir erweckt, gestärkt, das jetzt wachsen kann. ... Wenn ich es Dir erklären würde, würdest Du es nicht verstehen und sicher ablehnen. Deswegen ..." Sie stand vom Stuhl auf und zeigte zur Tür „folge mir." Sie verließen den Raum, auch wenn Alex mittlerweile ein etwas flaues Gefühl in der Magengegend hatte. Aber zurück ging es nicht mehr. Das war Alex eben schon klar geworden.

Chapter 5

Weit oben wuselt ein Eichhörnchen um den Ast herum und bringt den Specht dazu, sein Dauerklopfen zu unterbinden. Ich fixiere dieses pelzige Wesen mit dem Blick, folge seinen tapselnden Schritten auf der kantigen Eiche dieses alten Baumes. Während meine Ohren und meine Nase an dem Ort, vielleicht auch nur Augenblick eines andauernden Momentes, jeden empfangenden Eindruck abspeichern. Denn das Eichhörnchen ist dort oben in weiter Entfernung der anbrechenden Nacht sucht es Futter, sein Heim und was auch sonst so ein Tier eben macht.

Ich aber liege am Boden, auf der trockenen Erde, zwischen Gestrüpp, Unkraut und wilden Büschen. Ich lausche dem ruhigen Atmen und meine Nase fängt die fast unsichtbare Note jeder aufkommenden Brise auf. Ein paar Minuten habe ich noch, dann ist es Nacht auf diesem Teil der Welt und ich werde mich wieder auf die Suche machen. Nach Verbrechen, nach Übel, nach Unheil und vielmehr noch den Missetätern, die das Dunkel als Versteck benutzen.

Mit den Gedanken aber, ist es so, dass sie uns Tore eröffnen. Der Zukunft, der Gegenwart, der Möglichkeit und Wahrscheinlichkeit. So hat der Gedanke alleine, die eine Macht zu eröffnen oder anders auch nur, die Existenz eines Denkers im Stillstand einer Ruhelosigkeit fest zu setzen. Was heißt, das Traumschloss, die rosarote an ewiger Burg, sind im Traume zu greifen, in Gedanken zu bilden, die Realität nur, die kümmert sowas nicht. Wenn Du also eine Lektion zum Lernen und wider vergessen willst, so schenke ich Dir dieses kleine Bild. Meine Gedanken, mein Blick, in weiter Ferne beim Eichhörnchen am Gipfel der Bäume. Mein Fühlen aber, das Aufnehmen und sicher auch die Berührung eines einzigartigen Momentes, nun, das alleine und wieder alles, liegt im Schlaf versunken bereits neben mir, Und so wende ich mich alleine ihr zu und genieße die Sekunden des Betrachtens, des Aufnehmens und des Verbindens im Stillen.

Die Kapuze ist über ihr halbes Gesicht gerutscht, schickt unzähmbar und fast schon wild, die roten Haare hinaus über die zarten Kanten ihrer Wangen. Die Augenlider zucken auf und nieder, wie der Traum, der sie begleitet, sie in Welten und Reisen schickt. Die Lippen, gerade eben noch geschlossen, öffnen sich im Augenblick eben meines Blickes, saugen frischen Atem tief in sich hinein, schicken einen Seufzer der Erleichterung wieder hinaus und finden dann wieder den gleichmäßigen Takt. Kurz zuckt es in ihren Fingerspitzen, nur leicht drückt sie in meine Hand. Denn auch wenn sie mich im Traum versunken festhält, so ist dies nicht Gefängnis, sondern ein Zeichen unserer Verbundenheit, auf welche Reisen wir auch gehen oder geschickt werden.

Ich werde sie gleich verlassen müssen. Wenn die Nacht ihre Decke ganz ausgebreitet hat, werde ich sie zurück lassen und wieder in die Stadt eintauchen.

Sie weiß das.

Sie ist es gewohnt mit keine Fragen zu stellen, so wenig, wie mich in Angewohnheiten einzufrieren. Ich tue dies so auch nie mit ihr.

So sind wir verbunden, alleine in Augenblicken, Momenten die Tage an Zufälligkeit nun eben so ergeben. Als ich sie kennen lernte, bei Nacht im Wald auf der Suche nach Pilzen, da war uns beiden klar, dass wie niemals Gesetzmäßigkeiten brauchen oder gebrauchen würden. Und ja, sie weiß was ich tue, wer ich alles bin und akzeptiert es einfach. Dies als Antwort auf die Frage, die Du stellen könntest.

Jetzt aber ist die Nacht mittlerweile da und ich erhebe mich, ausgeruht, verwandelt, bereit mein Werk im Dunkeln zu tun.

Erneut stehe ich auf dem Hochhaus eines Gebäudes und blicke hinunter in die schwarzen Gassen einer anderen Nacht. Anders als zu Anfang aber, habe ich diesmal einen Ort, den ich aufsuchen will. Das „Veronas Velvet". Und so springe ich durch die Schatten und tauche dort unten in einer dunklen Ecke wieder auf. Die zwei Gestalten, die sich in das Dunkel der Mauer drücken, Päckchen gegen Geld austauschen, die interessieren sich nicht für mich. Ich hätte ein roter Drache sein können, der sein Feuer direkt neben ihnen ausspuckt, sie würden nicht einmal zucken. So sicher, so bedeckt versteckt fühlen sie sich in der verbotenen Zone, dass die Umgebung und jedwede Veränderung keine Bedeutung oder Reaktion erhält. Ironisch daran ist alleinig die Tatsache, dass sie sich trotzdem in Angewohnheit eines Geheimnisses, das des flüsternden Wortes gebraucht, sich an die Wand drücken. Nun, man muss nun mal nicht alles verstehen und manchen Dingen entbehrt der verstandgesteuerte Sinn. So ist es und genau so, verbleibt es auch nur. Ich sehe es auch im Beilauf nur und kann den geschulten Verstand meines Tagesjobs so nicht einfach ausstellen. So erkenne und erblicke ich die Kleinigkeiten und reime darauf dann die Formel, die Rückschlüsse ergibt. Sei`s drum.

Ein paar Sekunden später finde ich mich an den rosa Leuchtbuchstaben wieder, quetsche mich an den Grüppchen vorbei, die es vorziehen, hier draußen das Bier mit Nikotin zu verbittern. Und wieder nur einen Moment später bin ich bereits drin und werde sofort überschwemmt von einer Lawine an aufgeheizter Stimmung, elektrizierter Spannung und der im Innern brodelnden Leidenschaft einer Masse an Menschheit. Eine Gruppe, an die hundert junge Leute, die hier zusammen im Dunkel eines abgeschiedenen Clubs, zu Nichts und Niemand verkommt. So verlieren sie ihre Form, die Präsenz, die alleine zu Pflicht und Aufgabe zwingt und finden bei Allem was sie hinter sich ließen, den Anfang des reinen Vergnügens. Wohlgemerkt nur bis zum Morgengrauen.

Denn wenn sie mit brennenden Augen in die ersten Morgenstrahlen gucken dürfen, werden sich die Schmerzen eines schlechten Gewissens ausbreiten.

Mein Blick schweift durch die Massen, sucht, scannt und findet … nichts!

Wie denn auch?

Außer den tanzenden Lichtern der Kristallkugeln an der Decke kann man hier auch keinen Menschen erkennen. Und so werde ich mich des altbekannten Klischees bedienen.

Ja … der Barkeeper. … Der alles sieht, der alles weiß und gegen den einen oder anderen Schein auch Informationen bereitwillig verkauft.

An der Bar sehe ich drei. Zwei hübsche junge Frauen und ein

Kerl, die in Routine und einstudierter Geschwindigkeit, Bestellungen aufnehmen, Cocktails mischen, Bier nachfüllen und Geld einkassieren. Ab und an noch ein freundliches Lächeln, wenn das Trinkgeld gestimmt hat.

Ich habe mich für den Kerl als ersten Versuch entschieden und bahne mir meinen Weg an dem tanzendem Volk zur rechten Seite hinüber. Ich schiebe mich ganz an die Bar heran und fixiere ihn mit den Augen.

Ja, gerne würde ich es Dir verkaufen, dass ich mentale Fähigkeiten besitze, mit denen ich Menschen beeinflussen und lenken kann, auch gegen ihren Willen. Aber bis auf etliche mentale Tricks, ist da mehr nicht. So fixiere ich den jungen Kerl einige Zeit mit den Blicken. Es dauert einige Zeit, dann bemerkt er es. Eine der und vielleicht ersten Überlebenstriebe der Menschen ist es, eine Beobachtung, das Fixieren und die Berührung eines Blickes, zu spüren. So muss ich hier nicht schreien, in einem Raum, in dem meine Worte sowieso nicht gehört werden, sondern lasse alleine meinen bohrenden Blick seine Gier nach Aufmerksamkeit ausschreien.

Der Barkeeper guckt hoch, zur rechten, zur linken, sieht mich, fängt meinen Blick auf, hält stand und kommt dann zu mir. Denn gerade meine Stille, meine Ruhe in einem Meer an Bewegung, lässt mich heraus stechen. Jetzt sieht er mich fragend an. Ich ziehe ein paar Scheine aus der Tasche, lege sie auf den Tresen, packe einen Bierdeckel und kritzele den

Namen Alexandra Reuber darauf. Zusammen schiebe ich es zu ihm hinüber. *"Ich suche ein Mädchen. Rote kurze Haare, grüne Augen, 21 Jahre alt. Hübsches Mädchen. Müsste so vor 2 Tagen hier gewesen sein."* Der Typ sieht auf das Geld, schreckt bei dem Namen nicht zurück und verharrt im nachdenklichem Schweigen.

Er weiß etwas!

Nimmt er das Geld, bekomme ich die Info, die ich brauche. Oder er verschwindet nach hinten, drückt mir eine Fehlinformation aufs Auge und ich darf mich gleich mit etlichen Bodyguards alias Securitys herum schlagen. Die Zeit alleine wird auch wieder diese Formel lösen. Die Schlägerei würde mir kein Kopfzerbrechen bereiten. Keiner von ihnen wäre mir gewachsen. Nur danach gäbe es eine Ecke weniger, in der ich mich unerkannt bewegen konnte. Mit den Jahren häufen sich solche Vorfälle, das bleibt leider nicht aus und so wechsle ich jedes Jahrzehnt die Stadt. Aber so gut es geht, versuche ich gerade solche Aufmerksamkeit eben zu vermeiden.

Der Barkeeper reagiert und Sekunden später wird auch dies meine Reaktion verursachen und wir werden sehen, welche Zukunft sich so fast selber schreibt.

So zeichnet ein Moment meine Entscheidung deren Ergebnis die Handlung ist. Und nicht meine Entscheidung den Moment. Denn jetzt gerade bin ich und was ich tun werde, das Ergebnis der Formel dessen Variable nun mal der

Barkeeper ist.

Er nimmt das Geld, geht einen Schritt, holt etwas unter dem Tresen hervor. Ich bereite mich innerlich auf die Abwehr vor, denn wie im Film könnte dies die doppelläufige Schrottflinte sein. Sein Arm taucht wieder auf. Was er hält ist kleiner als die Form eines Gewehres. So fahren die Warnsignale meines Inneren wieder runter und dennoch bleibe ich auf alles gefasst.

Er legt eine Karte auf den Tresen. *„Für den hinteren,"* er zwinkert mir bei dem Wort zu, *„Bereich."* Dann dreht er sich wieder weg und greift sich ein Glas für den nächsten Cocktail.

Ok.

Das war entweder eine Falle oder ein Hinweis, eine Spur, auf die er mich schickte. Das erste Tor in dem ich Alice like in den Kaninchenbau stürzen durfte. Ich nehme die Karte. Schwarzes Plastik mit den Initialen „VV" darauf. Auf der Rückseite steht in violetter Schrift: „Der Stoff aus dem die Träume sind." Ich räuspere mich noch einmal kurz, blicke den Barkeeper fragend an, er deutet mit der Stirn hinter den Tresen. Ich folge seinem Blick und sehe einen schmalen Gang an der hinteren Wand. Im halbdunkel versteckt, so konnte man denken, dass er nur zur Umkleide führt.

Aber ich bin nicht zum Denken hier. Ich ziehe Rückschlüsse, ich kombiniere und ich handle. Wenn auch nur auf meine eigene Weise. So beginnt die Handlung doch im Verstand.

Dies ist die Macht an Intelligenz, die die eigene Zukunft voraus zeichnet, auch wenn im Außen so gar nichts zu erblicken ist. So bin ich anders, weil ich denke, aber die Gedanken nicht meine Handlungen überschreiben. Wieder kompliziert, etwas an verdreht und ein Hauch an Macht, die sich Freiheit des Geistes schimpft. Manches verstehst Du, Anderes so einfach nicht. Genau dafür wählte ich das Wort, denn es lebt über jede Handlung, Gegenwart und Zukunft, einfach nur fort.

Genug vom Drumherum!

Ich folge also diesem fast unscheinbaren Gang und gelange an eine schwarze Tür mit Knauf anstatt einer Klinke und einem fetten Guckloch in der Mitte. Unten rechts eine Taste und sehr schnell ist mir klar, was das hier ist. Ein eigener Durchgang, ein Durchlass, der Mythos einer eigenen Pforte.

Und wie gewünscht betätige ich den Schalter und höre, wie erwartet, das abgedämpfte Surren einer Klingel. Und ebenso nur Sekunden später ertönen schlurfende Schritte, ein Moment Stille, wo das Auge des Gegenübers mich mit Sicherheit durch das Guckloch mustert, zufrieden grunzt und dann die Tür öffnet. Einen Spalt nur darf ich in Halbschatten schwacher Beleuchtung blicken und in die Augen eines alten Mannes, der seinem Job und ewiger Langeweile nur allzu gerne im Schlaf entkommen wollte. Ich weiß, was nun folgen wird und ziehe ohne Aufforderung die Karte aus der Tasche, die mir der Barkeeper gegeben hat. Er mustert sie kurz und gibt dann den Durchgang ganz frei. So trete ich ein, warte bis er die Tür geschlossen hat und voraus geht. Diesmal folge ich den schlurfenden Schritten und kann nur zu gut verstehen, dass er dabei einzuschlafen vermag.

Ich werde in einen großen Raum gebracht. Ein Saal mit dicken Stein Säulen an den Seiten. Und als der alte Mann die Tür hinter mir schließt und ich höre, wie ein Schlüssel im Schloss gedreht wird, da weiß ich, welche Variante meiner erwarteten Zukunft eingetreten ist. Aber auch diese ist wie jede Andere nur ein Zwischenstop zu meinen selbst gewählten Zielen. Deswegen lasse ich sie erst einmal nur spielen und werde dann meinen eigenen Ausgang finden. Zuerst aber beginnt das Theater dieser eigens erschaffenen Gegenwart.

Wir leben im Jahrhundert des Fortschritts, der Technik und automatischen Waffen. Und dennoch, manchmal, da gibt es etwas, das stärker ist als vernunftgesteuerte Weiterentwicklung. Einer betrachtet es als Fluch, ein Anderer als unendliche Stärke. Die Bezeichnung ist nichtig wichtig, alleine die Tatsache, wie man als unfreiwilliges Opfer damit umgeht, hat Bedeutung. So, wie gerade ich eines werden soll.

Auf jeden Fall war so der fremde Gedanke.

Es sind vielleicht 10 Männer, die auf mich zukommen. Ich bin nur die Maus in der Falle, deren Aufgabe es ist, auf den

Käse zu warten, den es natürlich nie geben wird. Und auch dem Rahmen gerecht, findet sich ein Anführer, der auch die Rolle des Redeführers übernimmt.

„Du bist hier nicht willkommen," sind die Sätze der Begrüßung, die der 2m große, blonde Hüne mir entgegen schickt. Ich spare mir eine Antwort, denn die Worte sind nichts als Floskeln einer Zeit. Ein Vorspiel, ähnlich des Spieles einer Katze mit der Maus, bevor sie sie frisst.

Doch ich bin nicht die Maus in dem Spiel …

Aber das wissen sie noch nicht !

Der Hüne grunzt, scheinbar unzufrieden über das Fehlen jedweder Reaktion von meiner Seite aus. Er wartet noch einige Minuten, Sekunden, dann akzeptiert er, dass ich nichts tun oder sagen werde. *„Tötet ihn,"* kommt sein knapper Befehl und die 9 Anderen reagieren. Nicht weniger hochgewachsen, nicht weniger muskulös und körperlich an der Macht der Extreme. Der Erste beginnt mit der Verwandlung. Die Zähne wachsen, der Kiefer verformt sich und auch die Augen verlieren die Spur einer jeden menschlichen Existenz. Ich warte nicht, sondern ziehe die zwei Kurzschwerter unter dem Mantel hervor, die ebenso wenig zufällig aus Silber sind. Nur eine Sekunde lang überlegte ich die Beretta mit dem Schalldämpfer zu ziehen. Meine Lieblingswaffe bei Nacht. Aber da nicht mit Silberkugeln geladen, … nun ja, … wie die berüchtigten Perle vor die Säue.

Bereits die erste Kreatur erreicht mich und empfängt den Hieb, der ihr Haupt entzweit. Zu leicht, zu schnell, zu einfach. Vor allem, wenn eine Kreatur solche offensichtlichen Schwächen besitzt. All diese Wildheit, diese ungezügelte Kraft und vielleicht auch Schnelligkeit, verkommen zu Nichts, weil diese Wesen reinen Instinkten gehorchen. Und so springe ich von Schatten zu Schatten. Eine jede Säule wirft einen Breiten davon. So habe ich Portal um Portal um ohne Zeit durch den ganzen Raum zu wechseln. Ich würde es Gemetzel nennen, aber auch das wäre falsch. Denn ich bin kein Berserker, nur ein Wesen, das seine Stellung verteidigt. Sie fallen wie die Fliegen. Lodernd in glühenden Funken, lösen diese Wesen der Übernatur sich auf. Ein letzter überrascht mich dann doch. Bevor ich ihm das Haupt vom Nacken trennen kann, hat er einer Granate den Stift entfernt. Und während er fällt, zu Asche verkommt, sinkt die Granate mit ihm zu Boden. Ich bin weg, erneut durch die Schatten, diesmal wieder draußen auf der Straße, bevor die Explosion ihr notwendiges Werk tut.

Ja, ich hätte warnen können …

Aber wie und wen, wenn mir nur Sekunden zur eigenen Flucht blieben?

So zerreißt die Explosion den hinteren Teil des Gebäudes und kurze Zeit später, strömen vorne die Menschen in Panik hinaus. Es dauert nicht lange, bis die Maschinerie der Stadt auch hier ihr Werk tut.

Feuerwehr, Polizei, Rettungswagen, ein Jeder mit eigenem Blaulicht, das nun doch den Weg in die verbotene Zone gefunden hat.

Noch immer halte ich die Kurzschwerter in den Händen und schiebe sie zurück in die Scheiden unter dem Mantel.

Werwölfe …

Damit hatte ich nicht gerechnet. Ebenso wenig war mir irgendeine Spur bis jetzt hier aufgefallen.

Ich mische mich unter die Rettungskräfte und gehe zurück in das Gebäude. Mal hier, mal dort, zeige ich meine Marke. Fragen stellt mir keiner, ist auch besser so. Es sind nur ein paar Verletzte, keine Toten. Reiner Sachschaden. Das beruhigt die Moral meines Gewissens, dem ich mich freiwillig ab und an unterwerfe.

Aber ich erblicke die Quelle meiner Infos am Rande von wartenden Menschen. Es sieht mich ebenso und versucht sofort zu flüchten. Er spurtet los, rennt und sucht sein Heil in den dunklen Gassen dieses Viertels. Für mich ist es ein Klacks. Hinauf auf die Dächer, hinunter in die Winkel der Mauern und schon stehe ich vor ihm. Wir sind bei Nacht und so brauche ich nichts zu verstecken, was im dunkel sowieso keiner sieht.

Vor Schreck stolpert er und landet direkt vor meinen Füßen.

Der Barkeeper …

Ich biete ihm dennoch meine behandschuhte Hand an, als Floskel der Hilfsbereitschaft, aber er lehnt ab. Wühlt lieber selber mit den Handflächen durch den Dreck der Pflastersteine und richtet sich schmerzverzehrt und ächzend wieder auf.

Alexandra/Matrischka

Alex hatte das Schweigen neu für sich entdeckt. Sie war noch nie auf den Mund gefallen, wie das abgekaute Sprichwort so schön aussagte. Ein Schimpfwort da, eine zu schnelle Bemerkung hier und über kurz als auch lang, brachte sie zuallererst ihr Mundwerk in Schwierigkeiten. In letzter Zeit aber (*wie viel Zeit mochte vergangen sein? 1 Tag; 10 Stunden? Sie wusste es nicht*) war sie noch nie so still gewesen, so schweigsam und fast zurückhaltend. Sie war zur Beobachterin verkommen zu genau dem, was Matrischka ihr zeigte. Und das, was sie daran störte, war eben der Umstand, dass das genau die Rolle war, die von ihr erwartet wurde.

Sie tat, was sie tun sollte.

Das war in den 21 Jahren ihres Lebens, so noch nie passiert. Vor allem, wenn sie es verhindern konnte. Hier aber, vielleicht sogar seit ihrer Begegnung mit Matrischka bereits, galten die Regeln ihres alten Lebens nicht mehr. Und das hatte sie unfreiwillig akzeptieren müssen.

Wie bei jedem anderen Menschen auch, war ihr Leben mit Geschichten über Geister, Dämonen, Engel, Vampire und auch Werwölfe überschüttet worden. Dafür interessiert hatte sie sich nicht mehr, als ein Buch zu lesen und ab und zu auch ins Kino zu gehen. Sie war aber nicht von diesem Twilight oder Vampire Diaries Hype gefangen genommen worden. Sie sah einfach, ließ sich unterhalten. (*ja, wenn sie ehrlich war, auch begeistern – Damon war eben auch ein Hingucker. Der Bad Boy schlechthin. Zum Schmelzen einfach ...*) Mittlerweile aber fühlte sie sich, als wäre sie selber in so einer Serie mitten drin. Freiwillig, unfreiwillig reingerutscht. Matrischka hatte ihr, wie versprochen, einiges gezeigt. Aber nichts davon hatte Alex jemals erwarten können. So, wie alles, was in dieser Nacht bereits geschehen war.

Sie war Matrischka gefolgt, zu einer schwarzen Limousine gebracht worden und war mit ihr in die Nacht davon gefahren. (*Das erste Mal, auch das musste sie zugeben. Bis jetzt hatte sie solche Limousinen nur im Fernsehen gesehen. Blank poliert von innen, Doppelsitze, Luxus pur. Glanz hier, funkeln dort. Ihre Augen glänzten, das Frauenherz fühlte sich gestreichelt. Hoffentlich, war das nicht zu offensichtlich zu sehen*) Während der Fahrt, nachdem Matrischka die getönte Glasscheibe zur Fahrerkabine geschlossen hatte, bekam Alex noch ein kleines Gläschen und danach den sprudelnden Sekt im Kristallglas. Diesmal aber hakte sie nach. „*Was genau ist das?*" Sie hielt das Gläschen und ließ es in den kleinen Lichtern des inneren der Limousine leuchten und reflektieren. Dennoch fand sie auch so keine Antwort.

„*Ich werde es Dir erklären. Vertrau mir.*" War Matrischkas bloße Antwort, die mittlerweile doch so langsam das Misstrauen erweckte. (*Wenn jemand so oft auf Vertrauen pochte ...)*

Ein Blick in Matrischkas unschuldige und offene Miene und sie fühlte sich sogleich bei ihren bösen Gedanken ertappt und ebenso auch einen Hauch schuldig. Also kippte sie das Glas hinunter und griff nach dem bereit stehendem Sekt.

„Ich habe Dir von der Familie erzählt. Nun, sie besteht seit sehr langer Zeit, mehrere Jahrhunderte bereits und geht auf eine Frau mit dem Namen Verona zurück. Deswegen auch Veronas Velvet. Wenn Du so willst, ist sie das Oberhaupt, der Ursprung und auf andere Weise das Zentrum für etwas weitaus Größeres. Wir sind auf dem Weg zu ihr. Sie wird Dir alle Fragen beantworten, dich einweihen und auf ihre Weise in die neuen Kreise einführen. Es gibt nur zwei regeln: Sei ehrlich und hab keine Angst."

„Ich werde es versuchen," sagte Alex während sie den Lichtern durch die getönte Scheibe folgte. Sie hatten die Stadt verlassen, waren über die Autobahn in die weiter weg liegenden Berge gefahren. (*Wie viel Zeit musste vergangen sein? ... Hatte sie geschlafen, dass sie es nicht bemerkt hatte?*)

Sie sah Matrischka an, die ihr wie gewohnt freundlich zu lächelte. Und Alex lächelte zurück, wenn auch nur halbherzig. Die Limousine bog von der Straße in einen Waldweg ab und auf Entfernung bereits, konnte Alex eine hell erleuchtete Lichtung sehen, in deren Mitte sich eine Villa in die Höhe reckte. (*Definitiv erinnerte das fast an ein*

Schloss. Auf jeden Fall auf die Entfernung.)

Kurze Zeit später waren sie dann da. Ein Butler öffnete die Tür und reichte ihnen die linke Hand, um ihnen das Aussteigen zu erleichtern. Im gleichen Moment wurde die zweitürige Haustür geöffnet und auch dort stand ein Kerl im Anzug, der sie bereits erwartete.

Alex Blick aber hing an dem riesigem Gebäude fest. Dreistöckig, mit unendlichen Fenstern zu jeder Seite. Hell erleuchtet von etlichen Scheinwerfern. Ein Park mit wohl gestutzter Hecke. Bäume, deren Grün zum Kreis geschnitten war. Ganz leicht wurde sie von hinten angestoßen, erwachte aus dem Staunen und ergriff die angebotene Hand des Butlers, nur um Draußen schon alleine von dem satten Grün am Boden begrüßt zu werden. Alles hier, war so perfekt, so edel, so sehr in Kleinstarbeit verziert. Sie kam sich fast winzig vor, anhand dieser ausstrahlenden Größe. Matrischka ging bereits zum Eingang vor und Alex beeilte sich zu folgen.

Drinnen dann fand sich nicht weniger Prunk und Glanz im Schein goldener Kronleuchter, als das Außen bereits vermuten lassen hatte. Und wäre sie nicht draußen schon überwältigt gewesen, hätte es sie hier definitiv einfach umgehauen. Aber alles Andere, der feine rote Teppich, das glatt polierte Holz der Eichenmöbel, die goldenen Verzierungen und leuchtenden Kerzenständer, verblasste neben einem riesigen Gemälde, das direkt über der

Eingangshalle oben an der Wand hing.

Auch dort ein Gold verzierter, verschnörkelter Rahmen.

Aber das Bild darin …

Es sah so verdammt echt aus, konnte aber nur einer Fantasie entsprungen sein. (*Alex fröstelte es bei dem Anblick und doch, da war sie irgendwie auch gefesselt ... Eine Anziehung, ... ein Reiz ... Verlockung des Unbekannten ... Sie konnte es sich selber nicht erklären ... versank einfach für Sekunden in dem Anblick einer Frau ... wie sie sie noch nie gesehen hatte ... und vielleicht, ... auch nie treffen wollte ???*) An für sich war es nur ein Gemälde, mehr im Grunde nicht. In grau gehalten, ein leicht abgedunkelter weiß Ton und natürlich viel Schwarz. Das Bild zeigte eine Frau in schwarzer Kleidung. Auch so noch normal. Auffällig waren die Eckzähne, etwas länger und der Mund halb geöffnet, so dass der Vampir seine ewige Haltung der Erwartung, Abwartung oder Lächeln, jedem Betrachter präsentierte. Stille, Ruhe, Glanz und der matte Schein ewiger Nacht. (*Wieso dachte sie an so etwas?*) Aber auch das, wenn schon so weit ab jeder Norm, war es nicht, was ihren Blick gefangen hielt. Es waren die Augen. (*Besser, ... das Fehlen davon*) Denn anstatt strahlender Punkte, glitzernder Augäpfel, wie sie sie aus Filmen von Vampiren kannte, war dort (*... Nichts*) nur Leere. Schwarze Augenhöhlen, die im Dunst innerer Schatten nicht leuchteten, sondern jeden Funken, Lichtschein einfach auffraßen und Leere wieder ausspuckten. (*Woher zur Hölle ... kamen diese Formulierungen ... Einen Moment lang war ihr mulmig, ... unsicher, verwirrt ... was für Gedanken ... waren das ...*) Sie blickte sich um, sah wie Matrischka sie beobachtete und sah sofort wieder weg. (*Was lief hier ... ??*)

Unter den Augenhöhlen, die Spuren schwarzen Blutes, das sich den Weg hinunter zu den Mundwinkeln suchte. Die Tätowierung des Blutes, das sich dem Pakt der Schatten verschrieben hatte. (*Fuck ... Woher ... ??*) Sie drehte sich wieder zu Matrischka um.

„Es tut mir leid. Ich hätte Dich warnen sollen. Ich besitze so einige Fähigkeiten. Gedanken, sagen wir, senden, gehört dazu. Verzeih mir, ich spiele damit manchmal etwas," sagte Matrischka noch immer belustigt. Alex dagegen wollte gerade zu einer bösen Bemerkung ausholen, als sie am Arm berührt wurde und der Butler ihr bedeutete zu folgen. So beließ sie es bei einem bösen Blick und verkniffenen Lippen leichten Eingeschnapptseins. Der Butler führte sie die Treppe hinauf, an etlichen anderen Gemälden vorbei, aber keines glich dem, was sie dort unten in der Eingangshalle gesehen hatte. Oben dann wurde sie in einen Raum gebracht, man bot ihr Tee oder Kaffee an, alles stand bereit auf einem extra Servierwagen und so tat es ihr fast leid, dass sie ablehnen musste. Sie durchquerte den Raum, während sie wartete. Auf wen? Nun ja, gleich würde sie wohl Verona kennen lernen. Die Person hinter all dem Luxus, der Macht, dem Glanz und auch dem Prunk. So lange fand sie auch hier nur feinst poliertes Holz, selbst Bücher in goldenem Einband und edelste Gläser in etlichen Vitrinen. So musste wohl Reichtum aussehen. Nun, ihr Vater war sicher auch nicht arm und auch sie war in einer Villa aufgewachsen. Und dennoch, neben dem allem hier, da war ihr Heim nur Durchschnitt.

Ihre Gedanken wurden einfach abgeschnitten, denn mit einem Mal wurde die Tür geöffnet und sie kam herein. Und für Sekunden blieb ihr Herz stehen. (... *für Sekunden ... Willkommen lebende Mythologie*)

Die Frau auf dem Gemälde stand nun vor ihr und Alex konnte nichts weiter tun, als erstmal nur zu gucken.

Chapter 6

Ich habe den Barkeeper natürlich mitgenommen. Weitaus schwerer zu packen als ein bloßes Mitbringsel und am Anfang mit Gegenwehr. Aber dann willigte er ein, unfreiwillig, freiwillig mit mir zu kommen.

Als erstes sollte ich Dir von meinem Versteck erzählen, sofern man es so nennen will. Denn doch der Mythologie, Sage vielleicht auch dem Rahmen gerecht, besitze ich eine Höhle. Weit unten, tief in den Stein eingelassen, ein Dunkel, in den Schatten und meinem eigenem Schwarz. Der Zugang findet sich über einen Aufzug , versteckt in einem alten, verwitterten Kleiderschrank in Mitten des Waldes in der Hütte meiner Herzens Dame. Santhana, ich erwähnte sie kurz. Tja und was findet sich dort unten, neben etlichen Not – ein und Ausgängen?

Denn wer ein Doppelleben führt, den Weg keines Helden geht, die Form eines Phantoms besitzt, der nur ist auf alles vorbereitet. Anders nur, wäre ich nicht, wer ich zu sein vorgebe. Natürlich besitze ich auch eine normale Wohnung, eher Apartment, ein Hotelzimmer als Dauergast. Denn auch das braucht die Natur der Regelmäßigkeit, für den Tag, für die Masse und für den Durchschnitt in der ich die Maske des Jedermanns nun einmal trage. Wissentlich und aus Entscheidung, aber das bereits kannst Du Dir denken. Aber genug vom Drumherum.

Ich habe den Computer hochgefahren, die Datenbanken werden gerade gescannt und durchforstet, nach den Fingerabdrücken und dem Gesicht meines neuen „Gastes". Dieser schläft, gefesselt, betäubt auf seinem eigenen Stuhl der Maschinerie „Verhör". Es wird sich zeigen, welche Schiene ich brauchen werde, um die Mauer des Schweigens zu durchbrechen. Die psychologische oder auch doch das bloße Körperliche …

Auf dem Bildschirm blinkt es auf und ich gehe hinüber, um das Ergebnis zu betrachten. Mein kleiner Barkeeper, der mich so wohlweisslich in eine Falle locken wollte, hat eine bunte Vergangenheit. Erpressung, Hehlerei, Einbrüche und etliches Andere beschmutzen die nach außen getragene weiße Weste.

Es rappelt auf dem Stuhl, mein Gefangener ist wach geworden und versucht die Ketten der Befreiung zu lösen. (Natürlich habe ich keine Ketten genommen, bloße Handschellen reichten.)

Ich wende mich ihm zu. Erst schweige ich ihn an, wissend, dass so die ersten Spuren des Unbehagens gestreut werden. Er stoppt seine Befreiungsversuche, sucht den Bildschirm hinter mir ab und fühlt sich bereits ertappt. Ich kann sehen, wie sein Verstand nach Wegen, nach Worten und ebenso nach Variablen sucht. Die Zeit für ein Schlupfloch, wenn auch nur im Verstand, lasse ich ihm nicht. Zerstöre die Vorbereitung und Du erwischst deinen Feind im Mythos nackt als auch wehrlos. Dann kommt der Versuch der Flucht, den man simpel vorausberechnen kann. Jäger und gejagte auf den Schienen des Geistes.

„Machen wir es einfach," zerbreche ich das Schweigen der suchenden Ausflüchte, bevor auch nur eine Frage gestellt wurde. *„Ich kenne Deine Taten, Deine Vergangenheit und in gewissem Maße kann ich darüber Einiges aus Dir berechnen. Du gleichst einer Ratte, verzeih mir den Vergleich. Du tust, Du machst, versuchst den Vorteil zu finden und jedwedem Widerstand auszuweichen,"* Er versucht meinem Blick zu entkommen, blickt zur Seite. Doch ich lasse ihn nicht, der Geist und Verstand, die Aufmerksamkeit gehört mir, das darf er nicht vergessen. So gehe auch ich zur Seite und fixiere seinen Blick nur weiter.

Die riesige Höhle, das Dunkel, die Ausbreitung seiner Taten auf dem Bildschirm direkt vor ihm, die Konfrontation mit dem bohrenden Blick. Keine Möglichkeit zur Flucht und Sekunden später ist er bereits eingebrochen, bevor es interessant werden konnte. Er sieht meine Enttäuschung und das macht ihn nur noch kleiner. Was soll`s, eben kein Gegner, wie ich erwartet hatte.

„Gib mir die Infos, die ich im Club haben wollte und Du kannst gehen, unbehelligt und unerkannt in Dein altes Leben. ... Was weißt Du über Alexandra Reuber und was läuft da im Club? Wieso arbeiten Werwölfe für Euch?"

Er überlegt kurz, sucht Worte zusammen.

„*Direkt antworten. Sonst platzt der Deal,*" unterbreche ich die schon wieder suchenden Ausflüchte.

„*Die Tochter des Anwalts? ... aus dem Fernsehen?*" Kommt es verunsichert von ihm.

„*Genau die.*" Streng und Autoritätsgemäß kurz.

Schon sinkt sein Blick zu Boden. Kein Kampfeswillen in dieser ausweichenden Kreatur der Kategorie Verbrecher. Ich räuspere mich und sogleich ist seine Aufmerksamkeit wieder da.

„*Sie war vor zwei Tagen im Club. Ging nach oben in den VIP Bereich zu Matrischka. ...Sie holt ab und zu Mädchen zu sich, die dann nie wieder kommen.*"

(Einmal begonnen, kann er nicht stoppen, mir Informationen zu geben. Bemitleidenswert, aber als Informant zu gebrauchen. Er weiß es noch nicht, aber in Zukunft wird er mir noch öfter dienen müssen."

„*Der Club gehört einer Verona, die außerhalb der Stadt in den Bergen wohnt. Sie ist reich, mächtig und jeder hat Angst vor ihr. Wenn sie erfährt, dass ich etwas gesagt habe, ... bin ich tot.*" Abrupt stoppt er kurz.

„*Keine Sorge. Ich kenne Dinge, die schlimmer sind als der Tod. Um Verona kümmere ich mich schon. Sie wird es nie erfahren. Erzähl weiter.*" Sage ich.

(Ein Idiot. Man gibt im Gespräch doch nicht noch weitere Druckmittel oder Schwächen bekannt, wenn es nur um Infos geht? Nun ja, genau deswegen ist er auch nur ein kleiner Verbrecher und so leicht zu durchschauen … Ich beschwere mich nicht, erkenne nur.)

„Der Club, die Werwölfe dienen Verona." Fährt er fort. „Sie ist, so sagt man, eine tausend Jahre alte Vampirin. Mehr weiß ich nicht." Er sieht mich flehentlich an, bittend … und ich erlöse ihn mit einem Hauch an Chloroform. Ein Sprung durch die Schatten und ich lade ihn in der Gasse wieder ab, wo ich ihn aufgesammelt habe.

Erneut durch die Schatten und ich setze mich auf den Stuhl meines zu leichten Verhörs. Die Gedanken fliegen und spielen.

Vampire …

Werwölfe …

Verona, Matrischka …

Es geht hier nicht nur um ein bloßes verschwundenes Mädchen. Da ist weitaus mehr in Gang. Besser ich bleibe unerkannt und beobachte, bis ich das Puzzle zusammen setzen kann. Erst dann werde ich agieren, aus den Schatten heraus das unterste Deck dieses Kartenspieles zerstören. Denn dafür braucht es nur das Entfernen einer Karte. Ein netter Vergleich zu angewandter Intelligenz und ein bisschen muss ich darüber lächeln.

Genug davon …

Ich stehe auf, gehe hinüber zum Computer und lasse die

eben gehörten Namen durchlaufen. Vielleicht ergibt sich ein Treffer.

Natürlich bekomme ich als Erstes eine unendliche Liste an Namen ausgespuckt. Ich klicke mich da durch, begonnen mit Matrischka. Unpraktisch, dass ich keinen Nachnamen zur Hand habe. Aber es muss auch so erst einmal gehen.

Sogleich flimmert etwas am Bildschirm auf, ein Klick darauf und mir wird das zarte Antlitz einer jungen Frau präsentiert. Vor 10 Jahren in die Stadt gezogen. Die andere Matrischka ist laut den Unterlagen an die 70 Jahre alt und so schiebe ich sie erst einmal zur Seite. In den Verweisen der 22 Jährigen finden sich keine Auffälligkeiten, keine Fehler und nicht das geringste Vergehen. Dennoch notiere ich mir die Adresse.

Der nächste Name „Verona", Veronas Velvet. Vom Club sind die Quellen überhäuft. Aber da er sich in der verbotenen Zone befindet, wurde nichts großartiges vors Gericht gebracht. Ohne Zweifel sind da unter dem Schreibtisch auch etliche Schmiergelder geflossen. Drogenrazzias, Hehlerei, Geldwäsche, Prostitution, Mord, Anstiftung zum Mord … Ich bin nicht verwundert als ich die Liste der Delikte neben dem Namen der Besitzerin finde. Die richtige Person, die richtige Quelle und natürlich mit erheblichem Kopfgeld gesucht. Landes- und Staatsweit, aber bis jetzt ohne Spur … Mein Kleinkrimineller gab an, dass sie eine Vampirin sei. Wie also sollten auch menschliche Behörden sie finden. Dazu noch die Werwölfe und wer weiss, was sie noch alles unter ihrer Befehlsgewalt hat?

Verona würde nicht leicht zu finden sein. Und selbst wenn ich diese eigene Königin erreichen würde, so ist mir jetzt schon klar, dass daraus ein Gemetzel, eine Schlacht, sondergleichen werden würde. Was sonst durfte und sollte ich auch erwarten? Als Anforderung, als Aufgabe, vielleicht auch erst als verdrehtes Rätsel spielender Wirklichkeit?

Sei`s drum.

Als erstes muss ich mich um Matrischka kümmern und Alex finden. Denn darum geht es nun mal ja und nichts Anderes sonst.

Es ist mittlerweile die Geisterstunde zur Zwölf und ich gehe hinüber zur Plattform meiner Wagen. Es ist erneut der Mustang, mein liebstes Gefährt, das ich anfahre, hochfahre und den Motor laut in die stille Nacht hinein brüllen lasse. Mit überhöhter Geschwindigkeit kreischen die Räder über die Waldwege, spucken Steine in die Höhe, fegen Erde und trockenes Laub hinfort. Sicher, nicht zurückhaltend, nicht Natur gerecht und gegen jede Stille der Nacht.

Aber es musste sein …

Und so fege ich weiter durch die Wälder, rase durch das Dunkel der Nacht in Richtung Stadt, die im Schlaf noch immer die Lichter zu den Sternen schickt. Minuten nur, dann bin ich über die Autobahn und fast in der Stadt. Die Polizeistreife am Rand, nun … ihr Kaffee fand sich brühend heiß auf dem Hemd der Uniform. Nummernschilder besitze ich wohlweißlich nicht. Als Schatten einer Nacht, da gebraucht es sowas nicht.

Ich drossle mein Tempo und fahre brav, anständig weiter zu der notierten Adresse. Raus aus dem Auto, durch die Schatten und im Haus. Das Klingeln, brave Klopfen, wecken und sprechen mit verschlafenen Augen, um diese Zeit spare ich es mir.

Ich stolpere fast über die hier vorherrschende Unordnung. Kisten, Papiere, Zettel und fange meinen Sturz in letzter Sekunde auf. Ich nehme es mit Monstern und allem möglichen auf, die Hölle selber kann mich nicht überraschen, aber etwas Unordnung bei Nacht, vermag es mich aus dem Gleichgewicht zu bringen. Es herrscht die Ruhe der Nacht, so wie es der Schlaf nun mal mit sich bringt. Oben, im ersten Stockwerk kann ich sie schnarchen hören. Nicht eine Person, sondern zwei. Die angeschwängerte Luft voll Schweiß und dem Duft der Hitze einer Nacht, hat mir beim Eintreten schon gezeigt, dass zwei hier schlafen. Im Nebenlauf nur bemerkt und zu den Umständen gepackt. Ich scanne den Raum weiter nach Auffälligkeiten. Nach dem, was ich finden will und mich nur dann auf die richtige Spur so bringt.

Neben all dem Chaos und der Unordnung finde ich, … nichts.

So springe ich kurz hinunter in den Keller, suche und fixiere auch dort. Aber außer, dass die 22 Jährige ein eigenes Haus besitzt, die Geldmittel weit über Durchschnitt liegen, finde ich nichts. Nun stehe ich also vor dem Rätsel, dass diese Matrischka eben nicht im Club arbeitet. Das ist nicht das, was ich erwartet habe. Ein Fehltritt, ein Missgeschick, die falsche Spur. Ich springe kurz nach oben zu der schlafenden Frau, durchsuche die am Boden liegenden Klamotten, die unachtsam im Feuer der Leidenschaft vom Körper gerissen wurden. Ein Blick zum Schreibtisch und ich gebe die Suche auf. Dort liegt Schriftverkehr, Briefe, Umschläge und … die Spur zu einer Anwaltskanzlei. Diese Matrischka ist eine Anwältin. Gut eingebettet in die soziale Oberschicht. Mein Gespür sagt mir, dass sie in der verbotenen Zone nie etwas gesucht hat. Geschweige denn einen Fuß dort hinein setzen würde.

Ich beobachte die Beiden dort im Bett. Aneinander geschmiegt, im Traume vereint. Mir bleibt nur noch eine andere Matrischka, die laut den Angaben aber bereits eine 70 Jahre alte Oma sein sollte.

Aber wäre es möglich ??

Vampire, Werwölfe ??

Ich lasse die Rätsel des Denkens, springe zurück durch die Schatten in meinen Wagen und fege durch die toten, menschenleeren Straßen. Minuten später befinde ich mich in einer anderen Ecke der Stadt. Nur ist diese weniger gehoben und sehr nah angelehnt an den Status der verbotenen Zone. An der äußersten Ecke in einem heruntergekommenem Gebäude dann befindet sich mein Ziel. Ich parke den Wagen am Straßenrand, schwinge mich heraus und finde draußen auch sogleich den Eingang meiner kleinen Bestimmung.

Die Tür ist nur angelehnt, aus den Angeln gerissen, so wie dieses Viertel abseits der geordneten Strukturen. Quietschend gibt die Tür nach, lässt mich widerwillig nur in das muffige Loch abgestandener Luft. Drinnen dann empfängt mich beträchtlich beißender Geruch, als ich im ersten Moment erwartet habe. Und Sekunden später nur, sehe ich den Grund, die Grundlage und ebenso das Ende mancher menschlichen Pfade, die hier im Dunkeln verteilt sind. Längst schon hat die Verwesung sich breit gemacht und ich arbeite daran, die restlichen menschlichen Regungen meines eigenen Innern zu verbannen.

Hier ist mir mit Menschlichkeit, Ekel, Abscheu und auch Übelkeit nicht geholfen. So lege ich sie zu dem Tod, dem Grab und eben den Resten der lebenden Menschheit, wie sie auch hier nur am Boden verteilt liegen. Es wird einige Zeit dauern, das hier nach Spuren zu untersuchen.

Werwölfe, oder was Anderes?

Ich nehme die Stille, die nur der Tod, der Nachklang eines Verbrechens mit sich bringt, um genau das nur zu untersuchen.

Verona

Noch immer schwieg Alex und konnte diese Erscheinung (*Frau, magisches Wesen?*) nur stumm anschauen, betrachten, sie fast fixieren. (*Hatten sich die Schatten in ihren Augen gerade bewegt?*) Ein Frösteln zog den Nacken hoch, ließ die kleinen Häärchen sich in die Höhe strecken und zog dann bittersüß, wie die Berührung eines Eisdiamanten, nach unten. Sie schüttelte sich kurz, bemerkte das belustigte Lächeln in Veronas Miene, die sogleich die Eckzähne nach Außen schickte. (*Und noch eine Sekunde, in der es Alex nun auch in der Magengegend umklammerte. Bockmist, ... War es ein Fehler gewesen, einfach mitgegangen zu sein? ... sie bereute es gerade etwas ... und doch ...*) Verona zeigte hinüber zu den Sesseln.

„*Setz Dich. Hab ruhig Angst, das ist eine angeborene Regung der menschlichen Spezies, der Du noch angehörst.*" Eine kurze Pause in der sie es auskostete, dass Alex erst recht schwieg und brav zu den Sesseln hinüberging und Platz nahm.

„*Aber sei versichert ... ich werde Dich nicht töten. Für Dich habe ich eine andere Aufgabe, Weg, Pfad und Platz. Denn wie Du Dir denken kannst, bist Du nicht durch Zufall hier. Sieh es eher als Privileg.*" Sie machte eine Pause, glitt anmutig durch den Raum, ohne mit den Füßen den Boden zu berühren. Dann kam sie herüber und setzte sich gegenüber von Alex. *„Ich werde Dir nicht alles erzählen. Denn erst noch, musst Du Deine Wichtigkeit und Nutzen beweisen. Du wirst Deine Chance bekommen."* Erneut eine Pause.

(*Sie war drin und es gab keinen Weg mehr zurück. Einfach gehen ... würde ihren Tod bedeuten, das hatte sie mittlerweile verstanden. ... Aber irgendwas hier fesselte sie auch ... Diese Präsenz, diese Ausstrahlung von Macht ... Ja ... wenn sie ehrlich war ... sie wollte auch*)

Als hätte Verona ihre Gedanken gehört, lächelte sie und blickte sie tief an. (*Ein ungutes Gefühl in diese Schlieren an Schwarz zu blicken. Was auch immer da drin war ...*)

„Ich bediene mich der direkten Worte. So halte ich es immer schon und bis jetzt hat es mir gute Dienste erwiesen. ... Du weißt, dass Du aus den Kreisen, in die Du geführt wurdest, so nicht mehr rauskommst. Du hattest für einen kurzen Moment die Wahl, hast entschieden und kommst so jetzt nicht mehr da raus. ... Es gibt ein paar Dinge, ein paar Veränderungen, die bereits begonnen haben. Du bist nicht mehr, wer Du vorher warst." Erneut eine bedeutende Pause voll sprechendem Schweigen. (*Alex hatte auch das bereits in dieser Nacht all zu oft gehört. Aber sie begriff, dass sie jetzt die ganze Wahrheit erfahren würde. Ob sie wollte, ... oder nicht.*)

„Es gibt auf dieser Welt weit mehr Wesen, als nur die menschliche Rasse. Und auch wenn sie sich als Oberste ansieht, ist sie in Wahrheit nur die Spitze des Eisberges. Die

wahre Macht dieser Welt, die als übernatürlich betrachtet wird, schlummert und existiert im Verborgenem. Nur so kann das Muster dieser Welt unberührt, unbeschadet seine Kreise weiter ziehen." (Alex nickte ... was auch immer Verona jetzt damit sagen wollte ... Hauptsache sie kam endlich zum Kern der Dinge ...) Auch diesmal lächelte Verona sie belustigt an. (Konnte hier denn jeder in den Gedanken lesen? Matrischka ... Verona ... Wirklich kein gutes Gefühl, einfach zu unbehaglich)

"Nicht jeder kann und wird in diese anderen Reihen aufgenomen. Gerade, da wir im Verborgenem bleiben müssen, denn jede Macht hat nun mal auch ihre Schwächen. Manche Menschen werden gebissen, für eine andere Spezies reicht die Berührung und wieder Andere tragen den Keim bereits in sich, der nur erweckt werden muss. So, wie auch bei Dir." Und wieder eine unbehagliche Pause. (Wie bei ihr ???!!)

"Was genau in Dir ist, in welche Kreise Du nun jetzt rein kommst, das wird Matrischka Dir zeigen, erklären und Dich auch führen. Da sie Dich „entdeckt" hat, ist dies nun mal ihre Aufgabe. Es steht aber fest, dass Du ab jetzt nicht mehr in Dein altes Leben zurück kannst. Deine Familie, Freunde, Umfeld, Kreise, alles ist ab jetzt verboten, gestorben und wirst Du meiden."

„Aber ... ," wollte Alex dazwischen fahren.

„Kein Aber," schnitt Verona ihr das Wort ab. „Es steht fest.

Hälst Du Dich nicht daran, wirst Du getötet. Dies ist kein Spiel, in das Du da gerutscht bist, sondern harte, neue Realität!"

(Tja, und sie durfte sich damit abfinden, ... getötet ... Fuck, Fuck, Fuck, ... nach Wahl hörte sich das nicht mehr an ... !!!)

Die Tür wurde geöffnet und Matrischka kam herein. Sie nickte Verona kurz zu. (*War da ein Hauch an Demut, Schüchternheit zu sehen?? Auch Angst?? Verona war ja der Boss ... wenn sie ihr mit dem Tod drohte, dann auch allen Anderen ... Wie alt und mächtig mochte sie sein ...*)

„Etwas über die 1000 Jahre," kam es knapp von Verona. *(Man konnte ihre Gedanken lesen ... Shit ... !!!)*

Matrischka ging zu einem Beistelltisch und kam erneut wieder mit einem Tablet hinüber. Wieder diese zwei Gläschen mit der dunklen Flüssigkeit. *(So langsam aber ... wollte sie nicht mehr!!)*

„Dafür ist es zu spät. Du musst das jetzt regelmäßig trinken oder Du wirst Dich unschön verwandeln, Menschen fressen, außer Kontrolle geraten. Und das können wir uns nicht erlauben." Warf Verona ein. *(What the Fuck ... Sie verstand noch immer nur Bahnhof ... !!!)*

„Es ist ganz einfach. Du bist jetzt etwas, was der menschlichen Mythologie nach Succubus genannt wird ... Trink das, Du hast keine Wahl."

(*Alex kippte es bereitwillig hinunter*)

„*Du brauchst etwas für Deinen Kreislauf, einen Nährstoff aus dem menschlichen Körper, da Du sonst in Raserei verfällst. Sprich, hungerst, durstet, jagen musst. Wie auch immer. Den Rest erklärt Dir Matrischka.*" Verona stand auf, glitt zur Tür, stoppte dort noch einmal kurz. „*Willkommen in der Familie,*" sagte sie lächelnd und dennoch war das kein freundliches Lächeln. Dann war sie aus der Tür raus und Alex fand sich erneut alleine wieder mit Matrischka. (*Wie gehabt, wie zu Anfang und wieder im Kreis*) Matrischka nahm ihr das leere Glas ab und brachte das Tablet weg.

„*Du nimmst das Ganze sehr gelassen auf. Nun ja, heutzutage ist das vielleicht kein Wunder mehr. Die Filme, Bücher. Die Mythologie und Legenden. Welches Wesen auch immer, ihr wachst ja damit auf. ... Und doch bin ich leicht überrascht. ... Vielleicht hätte ich Panik erwartet, etwas Angst, mehr davon,*" ein verschmitztes Lächeln auf ihren Lippen, „*oder vielleicht sogar Freude?*" Kam es von Matrischka nachdem Verona das Zimmer verlassen hatte.

Alex antwortete erst gar nicht, schwieg ein paar Sekunden. „*Kannst Du wirklich meine Gedanken lesen?*" (*Was für einen Sinn machte es, etwas auszusprechen, wenn man es nur zu denken brauchte und es einem so „gestohlen" wurde ???*)

Matrischka musste lächeln. „*Ja, da hast Du wohl recht. ... Aber um so mehr Du Dich verwandelst, um so weniger kann ich in Dir lesen. Das geht nur bei Menschen und bald kannst Du es vielleicht auch."*

„Diese Verwandlung, ... was wird mit mir passieren?" fragte Alex. (Sie kannte das aus den Werwolf Filmen. Wenn das so schmerzhaft werden würde ... ja, danke ... mal abgesehen davon, wie sie am Ende aussehen würde)

„Deine Verwandlung hat im Innern bereits begonnen. Das, was in Dir schlummerte, erwacht und übernimmt immer mehr von Deinem Körper. Dafür braucht es ab und an Nahrung. Noch wirst Du nicht viel davon bemerken, vielleicht gar nichts. Denn Eines fehlt noch dafür, dass die Verwandlung komplett vollzogen ist. Es wird Dir mit Sicherheit nicht gefallen, aber es muss getan werden." Sie machte eine Pause, ging dann zur Tür. „Folge mir." Und Alex tat auch das. (Brav, still und fast nur ahnungslos)

Es ging wieder die Treppe hinunter, aber diesmal nicht Richtung Ausgang, sondern noch eine Etage tiefer, hinunter in das Kellergewölbe. Dort erwartete sie Regale voll Weinflaschen, die mit Sicherheit eine Stange Geld wert waren. (*Auf jeden Fall musste das so sein, wenn Alex an den Rest dieser Villa dachte.*) Matrischka führte sie an schwankenden Glühbirnen vorbei, an Schattenspielen und schwankenden Lichtkegeln, bis zu einer dunklen, massiven Holztür, die sie mit einem Ruck öffnete.

Und als Alex erblickte, was dort lag, auf sie wartete, wusste sie, was sie zu tun hatte, was jetzt kommen würde. (*Sie erinnerte sich an die Fernsehserie. Der Vampir, dessen Verwandlung erst nach dem ersten Schluck Menschenblut komplett war. ... Erwartete sie das ??)* Ein junger Mann hing dort angekettet. (*Sicher nicht seit gerade erst, denn die Tage der Gefangenschaft hatten bereits ihre Spuren hinterlassen. In Augenringen, kaltem Schweiß der Panik, der sich in die Kleidung mit beißendem Geruch eingebrannt hatte. Aber er lebte noch ... noch !!! an seinem eigenem seidenem Faden.*)

Matrischka blickte sie nur schweigend an und für einen Moment bereits konnte auch Alex in ihr lesen, dass sich ihre Gedanken in gleichen Pfaden bewegten. Aber anders als Alex, die nur blickte, handelte Matrischka. Sie ging nach vorne, zu dem Opfer, dem Gefangenem und für einen Moment nur veränderte sich ihre rechte Hand. Anstatt der damenhaften Fingernägel wuchsen spitze Krallen heraus. Mit dem rechten Zeigefinger fuhr sie über den Hals des Gefangenen und sofort wurde die Luft mit dem schweren Duft frischen Blutes erfüllt. (*Wieso überhaupt konnte sie das riechen?? ... Sie konnte sich nicht daran erinnern, dass ihr das vorher schon aufgefallen war ... Doch die Gedanken, jeglicher Satz, wurde ihr entrissen und weggefegt ...*) Etwas Anderes in ihr übernahm die Kontrolle und antwortete auf den frischen Duft blutendes Lebens. Sie bekam Magenkrämpfe, fiel auf die Knie, wand sich in Schmerzen, als sich ihre Knochen knackend umformten. Die Hände, die Fingernägel, die Haut, die Knochen ihres Gesichtes, die Schädeldecke. Alles wurde zum Zerreißen angespannt und sie brach wimmernd am Boden zusammen. Sie spuckte Blut aus, als sich die eigenen Zähne in ihr Fleisch bohrten und für einen Moment schrie sie auf.

(Sie war gebrochen, zerbrochen, ein Knäuel der einstigen jungen Schönheit. Zerstört und im Elend ... so dachte sie.) Aber statt dessen erhob sie sich und stürzte sich auf den jungen Mann, der gerade erwacht war und sie in einer Sekunde des Schreckens erblickte. Mehr blieb ihm in diesem Leben nicht mehr.

Sie zerriss sein Fleisch, fraß sich hinein in den Quell einstmal pulsierender Menschlichkeit und Schlang Stück für Stück hinunter. Immer mehr wollte sie. Mehr und mehr und niemals ein Ende. Nur in dem Blut schwelgen, das Fleisch reißen und den Hunger stillen, der niemals satt sein würde.

Sie wurde zurück gerissen und fletschte die Zähne, gurgelte und schrie nach einem Mahl. Ein Schlag ins Gesicht ... *(Es zog sich zurück, die Besinnung kehrte zurück, die alte Realität erwachte und sie sah fassungslos, angewiedert und fast erschreckt, was sie gerade getan hatte)*

Der junge Mann war nur noch ein Klumpen an Überresten aus Fleisch, Blut und Sehnen. Sie sah Matrischka nicht an, suchte beschämt mit dem Blick in anderen Ecken.

„*Das bist Du jetzt. Akzeptiere es, eine andere Wahl hast Du nicht mehr. Verdaue es und komm mit mir ... Kein zurück mehr, vergiss das nicht ... niemals.*" Kam es von Matrischka und erneut ging sie voraus, ohne diese Überreste auch nur noch eines Blickes zu würdigen.

Diesmal folgte Alex nicht sofort.

Sie konnte es jetzt spüren.

Das Andere, dieses Etwas in sich.

(*Und es würde bleiben ... für immer ???*)

Sie war aufgewühlt, verunsichert und doch so viel stärker als jemals zuvor.

Sie konnte die Ratten in den Mauern schnuppern hören. Die Menschen eine Etage höher, spüren, riechen, hören.

Matrischka blieb stehen, drehte sich um. *„Kommst Du?"*

Und Alex folgte.

Chapter 7

Natürlich hat die Untersuchung der Leichen nichts ergeben.

Wie sollte sie denn auch?

Kadaver, zerrissene und zerpflückte Leichenteile.

Da blieb, da bleibt nichts übrig, was zu irgendeiner Spur führen könnte. Außer dem beißendem Geruch lässt sich hier keine Fährte finden. Aber was auch immer das war, gewesen ist, hat jede Form der Menschlichkeit abgelegt.

Tiere lassen sich in einer Wohnung, wenn auch leerstehend, ausschließen.

Wölfe, Bären … ?

Nicht in der Stadt und selbst dieses Getier würde nur nehmen, was es zu fressen bräuchte. Das hier aber, war wildes Zerfleischen, weit mehr als das Stillen eines Hungers.

Werwölfe kann ich ausschließen …

Es gibt keine Spuren der Verwandlung, keine Zerstörung hier als nur eben die Leichen. Mehr nicht …

Also bleibt nur ein anderes übernatürliches Wesen, das sich hier ausgetobt hat.

Der Frieden der Stadt, der Nacht, er schläft weiter. Von

Matrischka dagegen fehlt mir der kleinste Hinweis.

Ich habe viele Fälle in den letzten Jahren gelöst. Gesucht, aufgespürt und gefunden. Aber in diesem Fall geht es so stockend vorwärts wie nie zuvor. Jeder Hinweis ist nur halbherzig, die Rätsel ergeben keine einfache Lösung und so komme ich mir vor wie ein Hund, der Fährten schnuppert, sucht und doch das einzig Richtige nicht finden kann.

All meine Fähigkeiten?

Meine geschärften Sinne, mein Geist, den die Jahrzehnte geschult und unterrichtet haben?

Fast, da erscheinen sie mir sinnlos.

Ich setze mich auf die Treppe und nehme mir ein paar Minuten.

Es kann nicht sein, dass es eine Untergrundbewegung dieses Ausmaßes gibt, die keine Spuren hinterlässt. Es muss Spuren, es muss Hinweise geben.

Findet man sie nicht in einem Blickwinkel … so muss der Radius erhöht werden. Was sich dem Auge verbirgt, in die Schatten drückt, das alleine berührt auch nur der unsichtbare Schwaden eben jener. Und so habe ich nur eine Wahl.

Der Geist, wenn auch frei, ist in seine Grenzen eingesperrt. Dessen, was Du erlebt, erfahren und auch glauben möchtest.

Deine Fantasie kann Dir nur die Grenzen ermöglichen, die Du als Freiheit bereit bist zu ertragen. Sonst fliegst Du in den Abgrund Deiner eigenen Hilflosigkeit. Schwach und arm begräbt Dich das Potential der Allmöglichkeit.

Genau diesen Schritt aber, muss ich nun gehen, um meinen Blick, meine Aufnahme zu erweitern und das zu finden, was sich verborgen hält.

So lasse ich gehen …
                                      was halten will.
So lasse ich frei …
                                      was mich bedeckt hält.
So öffne ich …
                                      was menschliche Hülle einsperrt.

Ich öffne den Geist, öffne die Sinne und gebe die Sicherheit meiner eigenen Form auf. Was bleibt, ist Essenz an Energie, Schwaden der Wellen, die einstmal durch das Leben schlugen. Es ist nicht schwer, gehen zu lassen, was vom Ursprung her, vielleicht auch einem Hauch an Bestimmung, nicht in eine Form gepresst werden will. Es gebraucht nur die Übung, diese neue Form an Freiheit zu tragen, ja fast zu ertragen. Für mich ist es ein Leichtes, da ich dies, seit ich die

Gabe erhielt, nun schon bereits seit Jahrzehnten übte. Und dennoch ist es wie das Platschen, das Eintauchen in die Tiefe eines Meeres, das einem keine Atemluft verspricht. Du weißt das, Du spürst das und dennoch musst Du, willst Du, die Schönheit verborgener Tiefe entdecken. So wird das Tauchen in die Freiheit auch nur wieder zu einer Sucht, einem Zwang, der man sich als eingesperrt Geborener nur unterwerfen kann. Ein kleiner Schlenker zwischendurch, am Rande, im Nebenher und dem Beilauf, der die Handlung verschönert.

Habe ich meine Form verloren, so bin ich nicht ohne Existenz. Denn mein Ich, meinen Gedanken, wenn auch ohne Hülle, genau den nur halte ich selber alleine fest. So löst sich auf, was ein Umfeld in mir malt. Was bleibt, ist alleine das Bildnis meiner eigenen Präsenz, das ich behalte. Keine Geburt, kein Erschaffen, alleine ein Hauch an Neugeburt.

Jetzt aber, bin ich im Verlieren um zu finden, was ich für meines Rätsels Lösung nun mal brauche.

So durchstreife ich als reiner Gedanke, als Überrest meines Selbstes, die Welt, das Umfeld und die Bahnen fremder Existenzen.

Auf der Suche, im wildem Sog, der nimmersatt die Informationen filtert, die für meine menschliche Existenz ganz einfach zu viel wären. Nur deswegen zerbrach ich die Hüllen, die Formen und Ordnungen, um im Chaos von Zufall und Wahrscheinlichkeit, die eine Variable zu finden, die sich bis jetzt noch versteckt hält.

Einem Äther gleich fliege ich hindurch. Illusionen, Träume, Gedanken, Wünsche und Träume. Gewusstes, Vergessenes, Erinnertes. Bahnen und Strudel der Selbstfindung einer jeden Form, die sich dem Leben verschrieben hat.

Einen ersten Gedanken fange ich auf von Verona. Ein Bild, eine Erinnerung, wie eine Limousine auf der Straße vorbei rauscht und hupende Autos eines fast Verkehrsunfalls hinter sich lässt. Eine erste Richtung, die mich später aus der Stadt heraus führen wird. Ich filtere und suche weiter, Bahnen und Ströme, Wirbel an Bildern und Augenblicken einer Stadt.

Es ist nicht schwer aufzunehmen, wie ein Stein im Fluss seine Stellung zu halten. Schwierig wird es erst, wenn man versucht, wieder aufzutauchen. Die Wirbel, die Impulse, die losgelösten Formen freier Schwingungen, versuchen einen zu halten und zu bewirken, dass man den einen Gedanken verliert, der ausmacht, bildet, formt und festhält. Aber auch das schaffte ich, wenn auch nicht mit wenig Anstrengung.

Und so tauche ich in dem Raum dieser Wirklichkeit wieder auf, der von dem abgestandenem Duft des toten Lebens nur schwimmt. Im ersten Moment wird mir übel. Meine Sinne sind in meiner wieder oder auch Neugeburt an das Äußerste gereizt, fast schon überempfindlich. Ich unterdrücke den

Brechreiz, jede nur menschliche Empfindung, denn ich muss die Bilder in Erinnerung behalten, die versuchen mir zu entgleiten. Nur so kann ich die Richtung finden, in der sich eben jene Verona aufhält.

Eine Limousine, eine Richtung außerhalb der Stadt. Nicht leicht zu finden, den einen Moment des Bildes einer Erinnerung. Aber unmöglich ebenso wenig. So eile ich aus dem Haus, in den Mustang und ab auf die Autobahn. Mit neuer Fährte, Spur, Ahnung und dem Hauch eines Bildes.

Ich bin gerüstet. Mit Erinnerung, mit Erwartung, mit Geduld und den Mächten meiner eigenen Existenz. Und dennoch …

Da ist es so, dass was kommt, Schicksal, Zufall, Bestimmung vorzeichnen und die Variable Wahrscheinlichkeit ihren Schub dazu gibt. So kann ich tun, so kann ich lassen, das Meiste geschieht so und so. Aber da ich bin, was ich nun eben bin, da harre ich aus, da passe ich mich an, schmiege mich an die Muster der Wirklichkeit eigener Realitäts gesponnener Zukunft.

Ich bleibe nicht stehen, denn geradewegs sause ich mit dem Mustang über die Straße. Die Zeit tut ihr Eigenes und formt Vergehen, Verfall und den ureigensten Fortschritt nur immer weiter und weiter. Aber doch bin auch ich nur ein Kieselstein im Wasser des Ganzen, dessen Ende ich erahnen aber niemals erfassen kann. Warum sollte ich es tun, es wollen, sollen, weniger noch müssen?? So folge ich den Zeichen, dem einen Bild, das meine Vision mir gab.

Wissend, dass auf eine Weise das Ende bereits geschrieben, gemalt und gesponnen sein könnte. So bin ich ein Gefangener unbekannter Zukunft, die sich weit ab meiner eigenen Visionen bewegt.

Aber was soll`s?

Ich beschwere mich nicht. Ich sehe, erkenne, erblicke und

zeichne auf dann nur meine Spuren neu. Das ist die einzige Freiheit, die dem lebendem Wesen nun mal einfach übrig bleibt.

Was Du tust, das nur weiß ich nicht. Du blickst und folgst den Spuren meiner nächtlichen Hetze, an dessen Ende ein Übel steht, das Unwesen treibt. Augenlichter verwischt, um so unerkannt und doch im eigenem Zentrum, sich die Existenz zu sichern.

Mit Sicherheit werde ich vernichten, wenn die Zukunft mir das ermöglicht. Denn irgendwie nur dafür wurde die Vision, das erste Licht dieser Spielerei, eröffnet, entzündet oder auch rein erblickt.

Lange Worte, einige Sätze, die Gedanken, Muße und Stille der Fahrt in meinen Geist und auf das Papier wehen. Irrelevant, nützlich oder nur ein Hauch an Wissenheit.

So oder so, ist die Zeit der Suche, der Fahrt bald vorbei. Und wir erblicken was Anderes, was Neues, was bis dato noch Fremdes.

Was?

Weniger Geduld als Schlussfolgerung einer Kette werden Dir dies in Kürze zeigen.

Was Anderes erwartest Du auch nicht ???

Das Phantom ~ 170/244 ~ Bruno T. Schelig

Alex(andra)

Es ging wieder hinauf und hinaus in die Limousine. Vor dem Gebäude verharrte Alex kurz.

Es war anders.

Alles anders …

Die Nacht, die Natur in der Ferne, die Welt …

Verschieden, gleich … anders.

Sie versuchte aufzunehmen, zu empfangen. Zu hören, zu riechen, zu sehen. Die Nagetiere im gut hundert Kilometer entferntem Wald. Die Autos und einschlafenden Fahrer. Die einsame Anhalterin am Straßenrand, die gerade einstieg, auf dem Weg zu ihrem eigenem Ziel oder in die Zeilen der Schlagzeilen des nächsten Mordopfers.

Ja, auch ihr denken … (*Wie zu erklären ? … doppeldeutig … Wirklichkeit und Variation???*)

So richtig wunderte sie gar nichts mehr. Wie sollte es auch. Dafür war schon zu viel in kurzer Zeit geschehen, das nicht mehr in ihr altes Leben passte. Dass auch die Intelligenz jetzt schon gesteigert zu sein schien, nun, ein Nachteil konnte das ganz sicher nicht sein.

Sie dämmte ab, schottete ab und die Eindrücke fuhren auf

Normal Level herunter. Instinktiv konnte und wusste sie, wie zu lenken, zu bedienen, zu steuern, was vor kurzem noch vollkommen neu war. (*Vorteil um Vorteil ... wer wusste, was noch alles kam???*)

Matrischka wartete am Wagen, der offenen Tür der Limousine. Nach außen geduldig, im Innern nicht mal ansatzweise. Alex lächelte sie an, überlegte nur kurz. (*Sie musste es einfach testen, probieren ...*).

Sie gab etwas in sich nach und sprang. Es wunderte sie nicht, als sie abhob und gut hundert Meter in die Höhe über die Limousine flog und auf dem Beton der kalten Straße landete. (*Schmerzfrei !!!*) und in nicht mal einigen Sekunden wieder um die Limousine herum war und neben Matrischka stand. (*Mit einem breitem Grinsen wohlgemerkt.*)

Auch Matrischka lächelte jetzt: „*Willkommen im Erstgeschmack Deiner neuen Fähigkeiten ... Und jetzt steig ein ... Wir haben es etwas eilig.*"

Noch im Hochgefühl der gerade entfesselten Kraft, schwang sie in die Limousine und presste sich in die bequemen Sitze. Matrischka folgte, die Tür schloss sich und los ging die Fahrt.

Matrischka sagte ihr diesmal nicht, wohin es ging. Und irgendwie, da war es Alex im Moment auch egal. (*What the Fuck ... sie war jetzt anders ... und im Feuer der Übernatur*) Eine andere Reise, ein Weg abseits von Allem, was die Filme oder Mythologie ihr jemals zeigen könnten. (*Oder vielleicht *auch doch genau das??*) Sie folgte mal wieder den Lichtern der noch nachklingenden Nacht. Es musste bald Morgen sein. Nach der ganzen Zeit (*Wie viele Stunden mussten vergangen sein?? Bereits 3,4 oder sogar 8 Stunden ... im Grunde irrelevant*) musste die Nacht bald vorüber sein. (*Ob sie am Tage anders war? Schwächer, stärker? ...*) Sie überlegte kurz Matrischka diese Frage zu stellen, ließ es dann aber doch. Wie manch Anderes, war auch das nicht wirklich wichtig. Sie würde es sehen. (*So oder so*)

Im Geist wanderte sie zurück in die eigene Vergangenheit. Sah sich Erinnerungsspuren neu zusammensetzen, sich verändern und irgendwie auch anderes Wissen zu zeigen. (*Witzig ...*) Das, vielleicht sogar alles, was sie jemals erlebt hatte, fuhr im Film in Sekunden im Geist vorüber. Wurde auf eigene Weise analysiert und auch neu definiert. So lernte sie in Sekunden mehr als sie sich hätte vorstellen können. (*Ob sie es nun wollte oder auch nicht ... wie immer, die gleiche Formulierung, die auch die vorher getroffene Wahl nur betonte ... selbst ihre Art zu denken ...ironisch, lustig, amüsant ... Wissen ist Macht ... wurde ihr im gleichen Zug dazu präsentiert*)

Psychologie, Mythologie, Wissenschaft, was auch immer. In Ketten an Sekunden, bekam sie es aus ihrem ganzen Leben und jeder Sekunde präsentiert. Und erwachte kurze Zeit später neu und doch auch alt. Denn Alex war sie noch immer. (*Nicht wahr ???*) Matrischka lächelte sie an. (*Diesmal echt ... nicht aufgesetzt*) Wahrscheinlich konnte auch sie die Veränderung spüren. (*Möglich, oder ??? ...*)

Santhana

Der Wind frischte gerade auf und fegte mit seiner Urgewalt durch die Blätter und Äste des Waldes. Die Tiere, die Kriechwesen, die sich im Verborgenem nahe an der Erde bedeckt hielten, suchten auch jetzt das Versteck. Als Sicherheit, als Schutz, als Hort unentdeckter Existenz. Die Wolken fegten über den schwarzen Nachthimmel heran und würden bald ihre Wassermassen hinunterschicken. Windböen, Donner, Blitze, die freitobende Macht unabänderlicher Naturgewalten. In der Stadt rechnete keiner damit. Die Technik, der Fortschritt, sie waren belanglos, wenn Natur in Willkür entschieden hatte. Mit Sicherheit war dies kein Zufall. Keine zufällige Laune des Schicksals. Santhana hatte etwas nachgeholfen. Denn nichts lud die Kräfte einer Hexe mehr auf, als die brachiale Gewalt eines Sturmes. All die Energie, die zu Zerstörung, zu Chaos führte in der wohlgeordneten Struktur der Zivilisation, war ein Geschenk für jeden Empfänger, der sie zu nutzen wusste. Kein magisches Ritual, keine Geister, Dämonen, Engel oder auch Teufel. Einfach allein entfesselte und bündelte sich neu, was ohnehin schon immer da war. Mächtiger, stärker und dennoch nur gleich.

Und als nun der erste Blitz herabfuhr und sogleich sein Schatten des Donners erklang, begann sie mitten im Regen zu tanzen. Sie wirbelte umher, drehte, sprang und schwang wieder zurück. Sie ließ sich fangen, wurde ein Teil des Chaoses wild springender Kraft. Und ehe sie sich versah wurde sie hinauf gehoben in mitten der explodierenden Energie. Herumgereicht wie von unsichtbarer Hand schwebte sie im Arm ihrer Mutter Natur. Zeit hatte keine Bedeutung mehr, der Ort wurde irrelevant. Einzig und alleine die knisternde Energie, die tausend Funken an unermesslicher Voltzahl, die hinab zur Erde fegten und verbannte Erde zurückließen, sie aber nur streichelten, liebkosten und stärkten, waren von Bedeutung. Hinter den Wolken erblühte Diana (Luna) in voller Pracht und schickte ebenso nur unsichtbar ihre Strahlen hinunter. So entlud sich ein Meer an Unsichtbarkeit, dessen Bad die Seele, den Körper vom Fehl einfacher Menschlichkeit reinigte. Als Stunden später die Macht vorüber war, wachte sie im frisch gestärkten grün einer Wiese auf. Der Himmel war strahlend blau, die Sonne stärkte ihren bewachten Planeten und nichts und niemand blieb zurück als Beweis der letzten Nacht.

Bis auf sie alleine. Frisch gestärkt, aufgeladen, behütet und auch beschützt. Ihre Mutter kümmerte sich gut um sie. Dies tat sie bereits seit über 100 Jahren, seit dem Tag ihrer Geburt.

Sie hatte nicht nur rein zufällig ihre Kräfte wieder aufgeladen, aufladen müssen. Denn schon seit längerem war klar, dass etwas Größeres im Gange war. Im Äther, in Mitten der Fluenzen frei fliegender Geister, hatte sie es schon flüstern und wispern gehört. Irgendetwas verschob das Kräfteverhältnis der Übernaturen. Und es musste verdammt mächtig sein, was da auf die Stadt zu kam. Phynxh würde ihre Hilfe brauchen. Auch wenn er mit Sicherheit nie fragen würde, so würde sie auf eigene Faust eingreifen.

Denn wenn es schon den Äther in Aufruhr versetzte, dann konnte das Ausmaß der aufkommenden Macht an eine biblische Katastrophe erinnern. Nicht, dass sie sich an den christlichen Glauben hielt. Ihr Weg war weit ab, näher an der Mutter der Natur und nicht in die Ferne an einen übermächtigen Gott gerichtet. Und dennoch verurteilte, bewertete sie nicht. Die Gesetze der Harmonie, die Waage der ausgleichenden Gesetze verlangten ihren eigenen Einklang und so blieb sie auch dabei. So gut es sich eben immer machen ließ.

Sie blieb noch ein paar Minuten im Wald. Beobachtete das Erwachen der Tiere, die um ihr Leben im Unterholz im wildesten Eifer wuselten. Nüsse, Würmer, Gestrüpp oder auch Insekten. Es wurde gefangen, in Windeseile davon getragen. Verputzt, eingelagert oder dem Stamm zum Vorrat überliefert. Sie wussten noch um die reine Muße, die sich zwar Überlebenskampf aber auch wilde Freiheit nannte. Sie aber musste jetzt in die Stadt. Zum Ursprung, zum Zentrum einer erahnbaren Macht. Denn seltsamerweise gab es mehrere Machtzentren, von denen die Veränderung aus ging. Nicht nur ein Ursprung. Das machte das ganze etwas absonders und sie musste dem unbedingt auf den Grund gehen, wenn sie die schlimmste Zukunft ihrer Visionen verhindern wollte.

Aufgeladen, erfrischt, fast schon neugeboren, hatte sie sich auf den Weg in die Stadt zurück gemacht. Obwohl zurück der falsche Begriff war. Denn sie sah die Zivilisation, die Gebäude, Straßen und Mauern nicht als ihr Zuhause an. Sie lebte außerhalb der Stadt in einem kleinem Häuschen im Wald. Die Stadt war für sie nur so etwas wie ein Gefängnis der Betriebsamkeit. Es musste getan werden, in Eile gehetzt und erschafft werden. Sie unterlag diesem nicht und war ehrlich dankbar dafür.

Dennoch musste sie widerwillig in die Stadt. Zum Kreis der Seher. Es bestand die Möglichkeit, dass sie nicht die Einzige war, die etwas gespürt hatte. Die Stadt schlief noch als die Sonne bereits ihre ersten Strahlen goldgelb in die Straßen schickte. Überall in den Fenstern reflektierte sich ihr magischer Schein. Und natürlich, bis auf einige Wenige, die verschlafen ihren Betten entstiegen waren, verpassten die Stadtbewohner die schönste Zeit ihrer Stadt. Aber das war auch nicht anders zu erwarten gewesen.

Sie musste ganz in den Norden der Stadt, der mit Sicherheit nicht zu den schönsten Ecken gehörte. Nur tat sie dies nicht in ihrer natürlichen Gestalt. Als Dienerin der großen Mutter hatte sie so manche Fähigkeit verliehen bekommen. Eine davon war die Gestaltswandlung. Aber sie konnte sich nicht in jede Gestalt verwandeln. Sie war dabei auf eine Rasse aus der Tierwelt beschränkt. Und auch dort bildete sie immer die gleiche Form und das gleiche Aussehen. In Wahrheit hatte sie auch nie etwas Anderes probiert und hatte die

Beschränkung akzeptiert oder vielleicht auch selber erschaffen.

Im Moment nahm sie alle Gerüche der Stadt überstark, fast unangenehm belästigend auf. Abfall, Unrat, das Abwasser der Gullis. Aber auch der herbe Duft frisch aufgebrühten Kaffees und frisch gebackener Brötchen wehte zu ihr hinüber als sie an einer Bäckerei vorbei schlich. Ihre Sehkraft war enorm gewachsen, so wie auch ihre Schnelligkeit. Einzig in der Körpergröße gab es einen enormen Unterschied, als sie sich in eine schwarz weiß gefleckte Katze verwandelt hatte. Und so kämpfte sie immerzu gegen die Instinkte, die sie den Mausfährten hinterher schicken wollten.

Aber es hatte auch sein Gutes. Sie schlängelte sich durch die Gittertore hindurch, übersprang Sims um Sims und überwand die Entfernung in Windeseile. Flink wie ein Wiesel huschte sie von einem Ende der Stadt zum Nächsten. Und ehe der Tag sich in den Morgenstunden richtig ergossen hatte, stand sie vor dem Haus der Seherinnen. Sie brauchte nicht zu klopfen oder zu klingeln. Die Seherinnen, mächtige Hexen des einzigen Zirkels in der Stadt, besaßen dem Vorurteil gerecht, fast unzählige Katzen. Und genau deswegen waren diese kleinen Eingänge mit den Klappen davor überall im Haus verteilt. Praktisch für Santhana in ihrer Katzengestalt. Natürlich wussten die Seher bereits, dass sie auf dem Weg war. Sie waren schließlich Seher.

Tagsüber verdienten sie sich ihr Geld mit Weissagungen durch die berühmte Kristallkugel, schwachen Zaubereien, wie Liebeszauber und etlichem Anderen, was sich verkaufen ließ. Denn so oder so, mussten auch sie sich ihren Lebensunterhalt verdienen. So hatten sie in der Stadt den Ruf von Illusionisten, Zauberkünstlern oder auch Scharlachtanen, die ihr Geld aus den Taschen der Unschuldigen zogen. Wer aber in den 3. Grad der Magie eingeweiht war, der wusste um die Wahrheit ihres Zirkels. Gut handhaben sie das und das auch noch in Mitten der Stadt. Santhana bewunderte sie dafür, denn sie kam nicht mehr in der Stadt zu Recht und hatte sich in den Wald zurückgezogen.

Sie schlängelte sich durch eines der kleinen Tore an der Eingangstür und wurde sofort von einem verlockendem Duft begrüßt. Fressen, Katzenminze und etliche andere Duftnoten, die sie locken und ablenken wollten. Sie ignorierte, versuchte es, aber konnte es einfach nicht.

Nicht der Katzenminze …

Obwohl ihr menschlicher Verstand sie abhalten wollte, siegten die Instinkte, bei dieser Verlockung. Sie rannte los, erreichte den Ursprung und kuschelte sich an die Decke, der der Geruch entsprang. Zu fressen fand sich hier nichts.

Aber dieser Geruch …

Er fesselte ihre Sinne, ließ den rationalen Verstand nicht mehr an die Oberfläche. So lag sie dort, rollte sich auf dem Boden hin und her. Schnupperte und ließ die Nase wohlig im

Duft schwelgen. Welche Wonne … Welch Paradies … Welche Freiheit

Sie wurde gepackt, in die Höhe gehoben und von harten Worten aus dem Paradies gerissen. *„Wandel Dich Schwester … Sofort."* Und sie musste dem Befehl folgen. Langsam knackend ging es durch die Glieder, die Knochen und Muskeln. Bis sie Sekunden später nackt und leicht verwirrt in menschlicher Gestalt wieder am Boden lag. Unter den strengen Augen von Astra, einer der Schwestern des Zirkels. Sie reichte ihr frische Kleidung, in die Santhana bereitwillig schlüpfte. Sie saß wie angegossen, wen wunderte es.

Seher halt …

Pflegte man Umgang mit solchen, so gewöhnte man sich an Einiges.

Ohne Zweifel.

Astra verließ das Zimmer, bedeutete Santhana aber vorher noch ihr zu folgen. Was sie auch ohne Zögern, dafür leicht verwirrt sofort tat. Sie gingen hinaus in den Flur, wo die Seherin die Tür öffnete und im Eingang verschwand. Sathana folgte diesmal ohne Aufforderung. Es ging hinab in den dunklen feuchten Keller. Der Weg hinab war an den Wänden mit etlichen Zeichen gesäumt, mit weißer Kreide an den dunklen Putz gezeichnet. Etliche Schutzzauber und Siegel, die damit in Zusammenhang standen. Kein ungebetener Gast hätte hier herunter gekonnt.

Es ging immer tiefer hinab, hinunter in das tiefste Dunkel der Keller und Santhana bemerkte, dass sie hier so weit unten noch nie gewesen war. Ein kleines bisschen Aufregung machte sich in ihrem Innern breit, aber sie ließ sich äußerlich nichts anmerken. Astra sah sich kurz nach ihr um, ein belustigter Ausdruck im Gesicht.

Hatte sie das auch wahrgenommen?

Vielleicht sogar vorausgesehen?

Niemand wusste wirklich sicher, was für Fähigkeiten der Zirkel der Seher besaß. Bis auf die Seherfähigkeit, die war verbreitet.

Aber sonst?

Da hüllte sich der Zirkel in Schweigen.

Endlich waren sie da.

Im tiefstgelegensten Raum, gut und gerne 5 Stockwerke im Keller. Es war ein dunkles Zimmer, nur von Kerzen erleuchtet, deren Flammen reflektierend über die goldenen Kerzenständer tanzten. In die Mitte des Raumes war ein Pentagramm gezeichnet, direkt auf die schwarze Erde. Im Kreis drumherum standen die 5 Hexen des Zirkels. Nimivet, Alexis, Beatrize, Claudine und natürlich Astra, die den Platz an der Spitze des Pentagramms einnahm.

Für Sekunden blickten sie alle nur schweigend an, dann übernahm Astra das Wort.

„*In unserer Stadt macht sich ein Übel breit.*" Kurze Pause. „*Aber das hast Du schon gespürt.*" (Eine rhetorische Frage, die einer Aussage glich. Eine Feststellung, deren Gewissheit nicht anzuzweifeln war.) „*Genau deswegen bist Du hier.*"

„*Das Problem an dieser Machtverschiebung ist, dass sie weitaus tiefere Kreise schlägt, als es normal möglich sein dürfte.*" Wieder eine Pause, in der Santhana schweigend ausharrte. „*Die Zerstörung des Verona Velvet war eines von mehreren Zeichen an dessen Ende die vollkommene Vernichtung der Stadt steht.*" ... „*Und nur Jahre später eine vollkommene Machtverschiebung auf der ganzen Welt.*" Unweigerlich musste Santhana schlucken.

„*Wir sind Seher, uns ist es nicht gestattet in Visionen einzugreifen. Maßgeblich die Zukunft zu verändern.*" Wieder eine bedeutende Pause. „*Aber wir dürfen warnen, dem Schachspiel gleich, die Bauern umstellen.*"

„*Nun, Du bist kein Bauer. Eher eine nicht kalkulierbare Dame. Du bist es, die das verhindern kann. Deswegen haben wir Dir die Visionen geschickt.*" Immer noch hörte Santhana schweigend zu, wenn auch zunehmend unruhiger.

„*Dein Gefährte kann das Übel nicht alleine besiegen. Zu gegebener Zeit wird er dich rufen und Du musst da sein. Sonst werden sich die anderen 5 Siegel öffnen und die Welt wird niemals mehr den grausamen Schicksal entkommen, das wir sahen.*"

„*Was muss, was kann ich tun?*" Fragte Santhana jetzt doch

einfach. Sie konnte sich nicht mehr zurückhalten.

Astra blickte sie schweigend an. Und diesmal ergriff Alexis das Wort. Eine krächzende Stimme formte die Worte. „*Wir werden Dir unsere Macht verleihen. Dich in unseren Zirkel aufnehmen. Nur wirst Du kein Seher sein, sondern etwas Anderes. Erst dann kannst Du verhindern und aufhalten.*"

Santhana nickte ersteinmal nur und sagte sonst weiter nichts. Die Seherinnen hatten entschieden und wer war sie, ihnen nicht helfen zu wollen? So wartete sie erstmal nur schweigend ab, während der Zirkel sie in ihren Plan einweihte. Und der leuchtete Santhana ein, wenn es auch ein gewagtes Spiel bedeutete.

Gefangen …

Die Nacht hat mich getrieben. Vision und Wahrscheinlichkeit, gepaart mit dem Zufall, meine Pfade fast zwangsweise vorgezeichnet. Bald schon erblicke ich ein Bild, das dem mir erahnten ähnelt. Wie vorher schon in der Astralreise, erblicke ich das Gebäude, das dem Namen Villa nicht nur zufällig gerecht wird. Ich steige aus und gehe den Rest des Waldweges zu Fuß. Ich will mir erst sicher sein, bevor ich Aufmerksamkeit errege. So springe ich von Schatten zu Schatten, bis ich mich unerkannt an der Lichtung wieder finde. Ein Klingeln, die leicht metallische Melodie meines Handys, zerbricht die unauffällige Jagd. Das Pirschen ist schlagartig vorbei und ich drücke die grüne Taste für das Gespräch. Leicht verstimmt, da dies hier nicht von mir erwartet wurde.

„Bitte, Bitte," tönt es verzweifelt aus dem Handy. *„Haben Sie gute Nachrichten für mich. Der Bürgermeister macht mir seit Stunden die Hölle heiß. … Also bitte geben Sie mir was."* Die Stimme meines Chefs, der um seinen Hals fürchtet.

Zuerst antworte ich nicht, lege Sätze, Bausteine hin und her und überlege was ich ihm sagen soll, kann oder auch darf. *„Alexandra ist wirklich entführt worden. Ich habe eine heiße Spur und mit etwas Glück, weiß ich in einer Stunde, wo sie ist. … Also bitte, lassen Sie mich meinen Job machen und ich melde mich, wenn ich mehr weiß."* Ich gebe keine genauen

Infos raus. Ich kann es nicht gebrauchen, dass die Polizei mir die Kreise aufmischt, denen ich auf der Spur bin. Es grunzt aus dem Hörer. Die Stille sagt mir, dass er schweratmend überlegt. *„Eine Stunde, ... mehr nicht."* Kommt es befehlend aus dem Telefon. Es knackt und er hat aufgelegt. Druck oder Stress machen mir nichts aus, dafür bin ich zu lange dabei. Aber in einer Stunde werde ich ihm etwas geben können.

Denke ich, hoffe ich, weiß ich.

Ich sinke wieder zwischen die Büsche, suche die Umgebung ab. Niemand hat mich hier gesehen.

Sehr gut.

Ich gehe geduckt über die Lichtung, nähere mich seitlich der Villa. Ein Kellereingang kommt mir sehr gelegen. Ich probiere den Griff der breiten, dunklen Eichentür, aber natürlich ist die Tür verschlossen.

Aber das hält uns nicht auf.

Wir gehen durch die Schatten und landen direkt im Kellergewölbe zwischen Regalen voll dicker Weinfässer. Aber noch etwas Anderes streift meine Nase. Es riecht nach Tod, nach Opfer, nach Gewalttätigkeit und dem Duft vergossenen Blutes. Ich folge der Duftnote durch das Halbdunkel und finde den Ursprung. Zerrissene Übrigbleibsel eines Körpers, der einmal ein Mensch gewesen war. Es sieht nach den Spuren eines wilden Tieres aus.

Ein abgerichteter Hund?

Ein exotisches Tier?

Oder ein Werwolf?

Aber so richtig passt keine der Erklärungen. Die Überreste sind anders, als bei jedem dieser Tiere. Auf jeden Fall muss ich vorsichtig sein.

Wer weiß, was hier noch alles an Überraschung auf mich wartet?

Ich befinde mich hier im Dunkel, in den Schatten dieses Kellergewölbes. Zwischen Weinfässern und Holzgestellen, die diese nur wieder halten. Ganz sicher mein geschätztes Umfeld, denn das Dunkel schmiegt sich an meine Präsenz, wie die Decke der Nacht das Grau verschwinden lässt.

Nur habe ich nur eine Stunde, bis mein Chef anruft. Sicher, ich arbeite ohne Zeitdruck. Und dennoch, muss dieser Fall langsam an Fahrt gewinnen. Ich muss die von mir verfolgten, langsam aufholen, sonst hänge ich immer hinterher.

Ein Alptraum an Untersuchung. Immer ein Schritt hinterher, als zuvor. So packe ich mir im Geist das Bild des trojanischen Pferdes, zu dem ich werden werde. Nichts im Bauch als meine wahren Fähigkeiten. Sollen meine Feinde mich auf ihr Level bringen.

So hole ich die Schwerter und die Beretta unter dem Mantel hervor und verstaue sie in den Schatten des Kellers. So, wie die Wurfmesser an den Unterarmen. Unbewaffnet, dem

Schein nach hilflos, werde ich mich ihnen ergeben, dass sie mich zu Verona führen.

So ist der Plan, der Gedanke, die Pointe ohne Witz. Eine Formel, die mir sogleich selber das X präsentieren wird. Machen wir aus der unbekannten Verfolgten ein reales Gesicht.

Nur was werde ich tun?

Ich kann sie nicht einfach töten. Ich muss wissen was gespielt wird. Und vor allem, wo sich Alex aufhält.

Fingerspitzengefühl also, sonst löst sich der Fall in Asche auf und Alex bekommt mit Sicherheit den nächsten Grabstein präsentiert.

Gut, dass ich die Waffe der Erfahrung habe. Sie wird mich weise walten und richtig manövrieren lassen. Folgen wir den Instinkten, die über allen Gegebenheiten stehen. Nicht zu erklären und dennoch weisend alleine richtig.

Gewappnet mache ich mich an die Arbeit der List.

Ich trete vor eines der Geländer zu meiner Rechten. Nicht zu stark, nur gerade ebenso fest, dass das Holz ihm nicht standhalten kann. Und sofort bricht es zusammen und Weinfässer fallen scheppernd zu Boden, bersten auf und ergießen ihren wohlduftenden Saft über den Kellerboden. Würzig, aromatisch mit einer leicht frischen Note, hängt es in der Luft. Sofort flammt die karge Glühbirne an der Decke auf, und ich höre aufgeregte Männerstimmen und eilige

Schritte, die immer näher kommen. In nicht einmal einer Minute sind sie bei mir, die Waffen im Anschlag. Erst sagt keiner der drei Männer etwas. Sie mustern mich nur misstrauisch, verstecken sich hinter ihren Waffen. Keiner von ihnen stellt die obligatorische Frage, wer ich bin, was ich hier mache. Statt dessen löst sich einer der Männer der Gruppe und geht hinüber zum Kellereingang. Er testet ihn, verschlossen und er schickt einen fragenden Blick zu den Anderen.

Die drei stehen etwas unschlüssig im Raum, wissen nicht, was zu tun und so ergreife ich das Wort: *„Ich muss zu Verona."* Bei dem Namen huscht so etwas wie Angst über ihre Mienen. Eigentlich sollten sie mich sofort stellen und gefesselt zu Verona bringen. So habe ich mir diese Situation ausgemalt. Aber ihre Ratlosigkeit zieht die Situation wie Kaugummi in die Länge.

Endlich reagiert einer.

Gott sei Dank.

Der, der die Tür untersucht hat, bedeutet mit, die Hände zu heben und kommt von Hinten auf mich zu. Er durchsucht mich nach Waffen. Er findet natürlich keine. Dann drückt er mir seinen Pistolenknauf in den Rücken und gibt mir den Befehl: *„Vorwärts."*

Ich tue wie geheißen und werde von der dreier Gruppe eskortiert. Erst einen dunklen Flur entlang, dann die Treppe hinauf. Die ganze Zeit spricht keiner von ihnen.

Dafür werde ich von einer Menge Augenpaaren abgecheckt, als wir die Vorhalle durchlaufen. Misstrauisch, argwöhnisch und auch hasserfüllt. Ein positives Gefühl begegnet mir hier nicht.

Tja, was durfte ich auch erwarten?

Ich versuche nur auszumachen, was für Kreaturen es sind. Aber dem Anschein nach sind alles hier Menschen. Nichts Anderes sticht hier ins Auge. Gewaltbereit, ehemalige Knasties mit den besagten Tatoos, sonst ist nichts besonderes an ihnen. Etwas enttäuscht bin ich schon. Ich hatte gehofft, vermutet, den Bauch der Bestie zu betreten, doch so wie das aussieht, ist das nur ein Abklatsch. Vor einem riesen Gemälde biegen wir ab und gehen die Treppe hinauf in das nächste Stockwerk.

„Ist Verona da?" Versuche ich mein Glück.

„Schnauze," kommt es von hinter mir und die Waffe wird mir schmerzhaft in den Rücken gebohrt. Ich muss mich extrem beherrschen, um nicht sofort hoch zu fahren und ihm die Pistole sonst wohin zu stecken. *„Brav,"* ermahne ich mich still innerlich. Wir wollten das extra so. Denn für das Schleichen fehlt mir einfach die Geduld. So lasse ich mich führen. Kurz darauf sind wir in der 1. Etage und steuern direkt eine Tür an, vor der zwei Wachen Posten bezogen haben. Die zwei der Männer, die bis dato nichts gesagt haben, gehen hinüber zu ihnen. Mir wird bedeutet stehen zu bleiben. Ich höre sie tuscheln und wispern. Ab und an das

Wort Verona und der argwöhnische Blick zu mir. Dann bekomme ich ein Nicken und darf zu ihnen kommen.

Die Tür wird geöffnet, die zwei Männer treten als Erstes ein. Ich direkt hinter ihnen, die Waffe weiterhin in meinen Rücken gedrückt. Ich trete ein und werde jetzt gleich endlich Verona sehen, so hoffe und denke ich. Dann wäre es nur ein Klacks auch Alexandra ausfindig zu machen, sofern Verona redet.

Wenn nicht, … nun dann wird es unangenehm werden.

Für sie, auf jeden Fall.

Zu Wasser …

Sie fuhren einige Zeit in immer unbekanntere Gegend. Alex war auf jeden Fall noch nie hier gewesen. So weit sie es beurteilen konnte, ging es zum Meer. Denn immer mehr Wasser war zu sehen. (*Was sie dort wollten??? … Sie hatte keinen Plan … Mit dem Schiff in weite Ferne … ein geheimer Unterschlupf … oder was ganz Anderes?? … wie gesagt, kein Plan*)

„Die Richtung stimmt," sagte Matrischka jetzt. (*Sie spukte noch immer in ihren Gedanken herum … Gottverdammt …*)

Leicht verstimmt fragte Alex: „*Was machen wird da?*" (*Fragwürdig, ob sie eine ehrliche Antwort bekommen würde…*)

„*Wir reisen erst mit dem Schiff, später mit dem Flugzeugt.*" (*Wohin?*)

„*Nach Rom geht es,*" kam die Antwort auf die ungestellte Frage. (*Rom???*)

„*Was wollen wir da? In den Vatikan?*" Fiel ihr als Einziges ein. Die Stadt hatte sie noch nie verlassen und jetzt ging es direkt nach Rom. Leicht mulmig war es ihr.

„*Lass Dich überraschen … Du erfährst alles zu seiner Zeit. Vertrau mir.*"(*Ok … wie denn auch sonst. Die Wahlmöglichkeiten waren da begrenzt.*)

(Nach Rom also? ... Große Verwandlung ... Große Reise ... wie gesagt/vermutet verändert sich einfach alles. Aber daran war sie ja jetzt gewohnt ... Mittlerweile auf jeden Fall.)

Ein Handy klingelte, fraß sich surrend in die sonst vorherrschende Stille hier. Matrischka griff in die edle Leder Handtasche und holte ihr Handy heraus. Sie nahm ab und Alex versuchte mit zu hören. Sie konnte es auch (*Gott, hatte sie ein feines Gehör bekommen*) aber dennoch verstand sie nichts, da es irgendeine fremde Sprache war. Allem Anschein nach versetzte es aber Matrischka in Aufruhr. Denn irgendwann hörte sie nur noch schweigend zu. Ein paar Minuten dauerte das Gespräch, dann legte sie auf.

Alex musterte sie. Vielleicht gab es Neuigkeiten, die auch sie erfahren durfte? (*Unwissen war kein Segen, sondern eine reine Folter ...*)

„Der Plan hat sich geändert," sagte sie. „Irgendein Idiot hat geplaudert und ein Polizist ist uns auf den Fersen. Und das, bevor wir überhaupt begonnen haben." (*Begonnen?*) Sagte Matrischka gereizt. „Jetzt müssen wir uns um das Problem kümmern und Verona diese Nachricht bringen. Sie wird explodieren. Sie ist bereits in Rom und wartet auf die Ankunft der Familie ... Sie wird aus der Haut fahren ... Verdammte Scheisse!!! Wieso können Menschen auch nicht Geheimnisse für sich behalten? Wir hätten sie nicht einweihen sollen ... Scheisse ... Scheisse!" Alex sagte nichts. Was sollte oder konnte sie auch dazu sagen?? „*Gleich wirst*

Du erfahren, wie wir mit Verrätern umgehen." (*Eine Drohung??*) *"Er ist reumütig auf dem Schiff aufgetaucht. Nichtwissend, dass Du sein Henker sein wirst,"* voll Schadenfreude lächelte Matrischka nun in Gedanken versunken. Noch immer sagte Alex nichts. Aber sie spürte, dass sie Hunger bei dem Gedanken bekam. Nicht nach Essen, sondern nach was Anderem. Wonach, hatte sie im Keller bereits erfahren. Und irgendwie ekelte sie der Gedanke nicht mehr. Sie freute sich sogar darauf, das Biest in sich wieder freilassen zu können. Zu fressen, zu gieren, zu reißen, zu schlemmen. (*Ja, sie hatte sich definitiv verändert*) Es kämpfte sich bereits bei der Vorstellung nach oben und sie knurrte übernatürlich, ohne dass sie es verhindern konnte. Matrsichka lächelte. *"Ruhig Blut. Du bekommst gleich Nahrung."* Sie klopfte Alex auf den Oberschenkel. *"Die Verwandlung ist komplett. Du bist nun ein vollständiges Mitglied der Familie."* (*Sollte sie jetzt Danke sagen???*) Ihr war nicht danach, freundliche Worte auszusprechen. Sie wartete ungeduldig auf ihr Mahl.

Draußen die Landschaft veränderte sich und sie fuhren auf die Docks, bereits an Schiffen vorbei. Die Limousine hielt und Matrischka öffnete sofort die Tür und stieg aus. Diesmal erwartete sie kein Butler, nur der frische Wind, der vom Wasser zu ihnen hinüber blies. Urplötzlich bekam Alexandra ein Gefühl, das sie nicht zuordnen konnte. (*Was war das ... Es fühlte sich an ... wie ... unmöglich!!! ... bei all der Stärke und Kraft ... plötzlich das ???*)

„*Das ist Angst,*" sagte Matrischka und blieb leicht belustigt vor dem Steg zu einem Lastkahn stehen. „*Der Succubus hat Angst vor Wasser. Vor fließendem und auch großen Gewässern. Deswegen wollten wir auch über das Meer reisen.*" Klärte Matrischka sie weiter auf. „*Da hätten uns Eingeweihte eben nicht vermutet, da wir eben eine Urangst davor besitzen.*" (*Angst ... wie ironsich, dass es gerade das war, was sie nicht mehr erkannt hatte ... Succubus???*)

„*So heißt unsere Rasse,*" antwortete Matrischka. (*Sie las wieder Gedanken.*)

Matrischka lachte. „*Du forderst es ja gerade auch heraus. Lern Dich zu beherrschen. ... Tja, und als Erstes ...*" Sie zeigte auf das Wasser „*kämpfe gegen die Angst und komm auf das Schiff, sonst bist Du gelinde gesagt, zu schwach für die Familie...*" Sie machte eine bedeutende Pause. „*Sieh es als Test, den Du bestehen musst.*" Sie ging voraus über die Holzplanke auf das Schiff und verschwand hinter der Eisentür, ohne noch weiter Notiz von ihr zu nehmen.

(*Angst ... die sie besiegen musste ... Wie tut man das ... Ignorieren??? ... Sich ihr stellen ... sie aushalten ??? ... Toll, dass ihr Matrischka so hilfreiche Tipps gegeben hatte ... Ironisch natürlich*) Sie machte nur einen Schritt von der Limousine weg, in Richtung der Holzplanke und es funktionierte. (*Lächerlich ... so schlimm war es dann doch nicht!!*) Sie ging gelassen zur Planke, setzte den ersten Fuß darauf. Und natürlich musste sie neben die Planke und darunter gucken. Das Wasser hob und senkte sich hinab und produzierte Gischt und Rauschen am Stein des Hafens. Immer fester, immer gleichmäßiger, wie in Wellen trieb das Wasser bis fast zu ihr. (*Blödsinn ... es war zu tief unten, um sie berühren zu können.*) Das wusste sie, aber das Wissen war egal. Eine Kälte machte sich in ihrem Innern breit und griff mit hartem Griff an ihr Herz und ihre Lunge. Sie konnte nur noch schwer atmen und ihr Herzschlag hämmerte, pulsierte wie ein Preßlufthammer. Sie bekam fast keine Luft mehr und dachte sie erstickt. Gleichzeitig zitterten alle Muskeln in ihrem Körper und wollten nicht mehr. (*Eine Panikattacke ... die vergeht ... aushalten ... den Verstand siegen lassen ... die Zeit gewinnt darüber.*) Woher sie das Wissen bekam, wusste sie nicht. Es musste das in ihr sein, das ihr half, damit sie siegen konnte. Und wirklich, sie schaute von dem Wasser weg und auf das Schiff. Rief sich in Gedanken zur Ordnung, konzentrierte sich auf Schritt um Schritt und es funktionierte. Schwer, hart und unter mühsamster Anstrengung, aber sie kam vorwärts. Als sie dann durch den Eingang vom Steg in das Innere des Schiffs sprang, konnte sie es selber kaum glauben. Sie machte erstmal Pause und atmete durch, wartete bis der Puls wieder auf normal Level war.

Ganz leicht berührte sie jemand an der Schulter. Wissende und verständnisvolle Augen guckten sie an. Es war Matrischka, die doch gewartet hatte. „*Nur beim ersten Mal ist es so schwer. Es wird mit jedem Mal leichter. ... Wenn Du so weit bist, folge mir."* Und sie ging schon wieder voraus. Alex wartete einige Minuten und ging ihr dann nach. Dennoch vermied sie es, durch die Bullaugen auf das Wasser zu schauen. Denn das ungute Gefühl in der Magengegend blieb. Die Angst war noch präsent und nicht besiegt. Das wusste sie leider ebenso.

Sie folgte den verwinkelten, flachen Gängen. Bog Ecke um Ecke ab, durchschritt Eisentür um Eisentür. Nach nur ein paar Minuten war sie sich nicht mehr sicher, wo sie überhaupt war. Alles sah gleich aus und sie musste zugeben, dass sie sich verirrt hatte. Dennoch blieb sie nicht stehen oder ging zurück. Dies war ein Schiff, da musste sie unweigerlich wieder am Anfang ankommen, wenn sie immer weiter ging. (*So sollte es sein ... wenn die Logik hier keinen Fehler machte*) In der Zwischenzeit wirbelten ihre Gedanken etwas. Sie wusste nicht mehr, was sie war oder wer. (*Sicher, sie hieß noch Alex ... und sie sah aus, wie vorher ???*) Sie blieb abrupt stehen und musterte das schwache Spiegelbild von sich. (*Das Wasser da draußen ... ausblenden ... auf das Spiegelbild konzentrieren*) Und es klappte. Ja, sie sah noch wie sie selbst aus. Etwas mehr Farbe hatte sie im Gesicht, die Wangen leicht rosig, aber sonst wie immer. Die ganzen Veränderungen hatten nur im Innern stattgefunden. (*Interessant ... wie ein Wolf im Schafspelz ... Ja, genau so ... das Bild stimmte*) Denn dass sie jetzt mehr ein Wolf als ein Mensch war (*ein Raubtier fast*) daran erinnerte sie im Moment wieder das in sich. (*Succubus ... was auch immer das war ...*) Sie roch etwas, konnte es nicht einordnen und doch war es ungemein anziehend. Sie folgte dem Geruch, der Fährte wie ein Hund. Leicht schnüffelnd und überlegte die ganze Zeit. (*Blut ... Ja, das war es*)

Woher sie das jetzt wusste?

Das in ihr arbeitete ihr zu, wie sie es brauchte. Ohne Zutun von ihrer Seite, arbeitete es selbstständig. So, wie auch jetzt schon wieder das Knurren aus ihrem Innern kam. (*Nein, sie war nicht mehr erschrocken ... sie hatte sich daran gewöhnt ... es akzeptiert ... als sie selbst*)

Sie öffnete die nächste Tür, eher Eisentür mit dickem Guckloch, und erreichte ein Stilleben, das sie geradezu einlud. Sie sah Matrischka, die gerade erbost und wild auf einen Typen schaute, der am Boden vor ihr kniete. Ängstlich, bibbernd, in Reue gefangen, bettelte er um Vergebung. Matrischka aber, wollte nichts davon hören, eher widerte sie sein Flehen an. Sie erblickte Alex: „*Er gehört Dir ... keine Scheu.*" Und Alex musste aus Vorfreude lächeln. Sie gab nach und stürmte in sekundenschnelle nach vorne. Die Verwandlung bereitete schon keine Schmerzen mehr, als die rasiermesserscharfen Zähne herausfuhren. Sie vergruben sich in das Fleisch des Mannes. Er versuchte zu schreien, konnte aber nicht mehr. Zu schnell strömte das Blut aus ihm heraus und in die inneren Verletzungen, so dass er gurgelnd verendete. Er tat seinen letzten Atemzug röchelnd und war schon nicht mehr.

Alex fraß. Würgte und riss und etliche Minuten später der Gier, war der Hunger gestillt. Von dem Menschen war nichts mehr übrig, als bloße Fleischfetzen und Knochen. Alex hatte wieder die Kontrolle und blickte auf ihr Werk. Es kümmerte sie nicht. Berührte sie nicht einmal. Es war passiert und es war jetzt ein Teil von ihr. Daran hatte sie sich schon gewöhnt.

„Komm mit ... ich stelle Dir mal die Familie vor," sagte Matrischka und ging voraus in den nächsten Raum. (*Raum um Raum ... Wissen um Wissen ... Rätsel um Rätsel ... Entwicklung, Zufälle oder ein Plan???*) Es er schien Alex mittlerweile so, als würde sie schrittweise immer mehr und näher an die Dinge herangeführt. Nur war dies ein Zufall oder extra so geplant? Und was wäre, wenn sie nicht mehr mitspielen würde? (*Bullshit ... Die Wahl bestand schon lange nicht mehr ... Verwandlung ... Ja, das war es*) Sie wurde immer mehr zu was Anderem vielleicht sogar zu jemandem Anderen. Zu einem Teil dieser Familie. Stück für Stück halt, so wie es schien. Ob gut, ob schlecht, ob recht, ob nicht. Interessant. Es waren Puzzleteile der Wirklichkeit, die nun ihre Realität wurden. Ja, sie wurde auch intelligenter. (*Interessant zu beobachten, wie das alles geschah.*) Im nächsten Raum dann, standen sie alle beisammen. Die 12, die ab jetzt ihre Familie waren. Alles Frauen. Alle Succubi und keine schlecht aussehend, eher alle mit einer mega Ausstrahlung. Und sie war jetzt ein Teil dieser Elite. Teil von einem ausgewählten Kreis. (*Ja, sie war stolz ... sie hatte es sich nach dieser Reise auch verdient*) Matrischka sprudelte die Namen herunter: „*Sophie, Manuela (Kurzform Manu), Mercedes, Chantal, Heike, Silvia, Stephanie, Jasmin, Frederieke, Andrea*" (*und natürlich sie und Matrischka*). Die Anderen nickten ihr zur Begrüßung zu. Das also war der Kreis, mit Namen und Gesichtern. So weit Alex das beurteilen konnte, waren sie alle auch im ähnlichen Alter. (*Sicher kein Zufall*) Matrischka drehte sich zu ihr um: „*Es ist der Zeitpunkt, in dem sich das erste Mal der Succubus regt. Und danach altert ihr nicht mehr, solange ihr Nahrung zu euch nehmt.*" Alex nickte. Die anderen Mädchen, jungen Frauen, waren alle verstummt und schauten abwechselnd Matrischka und sie an. Und ja, sie musterten sie, schätzten sie ein. (*Sie war die Neue ...*) Frischfleisch fast, das mit Matrischka hier eingetroffen war.

Matrischka räusperte sich: „*Wie ihr sicher wisst, hatten wir eine Lücke, ein Leck. Jemand hat geplaudert und deswegen wurde der Plan geändert. Wir fahren nicht nach Rom ... Es beginnt nicht im Vatikan, wie geplant, sondern jetzt hier in der Stadt.*" Murren setzte ein. „*Wenn jemand ein Problem hat, dann darf er es gerne Verona vortragen.*" Und sofort war wieder Stille.

Die Stille dauerte nur Sekunden, dann erklang der melodische Ton eines Handys. Jeder der Anwesenden schaute sich aus der Trance aufgeweckt, um. Aber nur eine Person griff in die Tasche. Matrischka. Sie entfernte sich weiter von der Gruppe und zog sich in die hintere Ecke zurück. Dort hörte Alex sie aufgeregt reden. „*Unverändert ... Risiko ... Wichtigkeit ... Notwendigkeit ... Übermacht.*" Immer nur Worte wehten herüber. Das Gespräch zog sich in die Länge und die anderen Mädchen wurden unruhig. Sie fingen wieder an zu tratschen und bald war der Raum erfüllt mit wildem Geplapper in dem man nichts mehr hören konnte. Alex beteiligte sich nicht. Sie musterte nur die anderen Frauen der Reihe nach. Immerhin sollte das jetzt ihre Familie sein. Sie fühlte sich noch nicht so. Eher als Sonderling, als Außenseiter.

Matrischka kam wieder auf die Gruppe zu, nickte einem Mädchen zu (*Manu musste das sein*) und verschwand aus dem Raum, Manu im Schlepptau. (*Was war jetzt los??*) Die anderen Mädchen waren genauso überrascht, sie verstummten einen Moment, nur um dann noch wilder und lauter zu tratschen. Alex war jetzt schon von ihnen genervt.

Dann ertönte ein Dröhnen und ein Ruck ging durch das Schiff. In leichter Panik blickte Alex aus einem Bullauge und sah den Hafen in der Ferne entschwinden. (*Sie fuhren los ... jetzt doch ... hinaus aufs Meer ... in das Wasser ... ruhig*) Sie ermahnte sich zur Ruhe. Der Plan wurde schon wieder geändert.

Warum, weshalb, würde sie gleich erfahren, denn Matrischka kam gerade zurück. Und vielleicht wurde dann endlich der Plan enthüllt. (*Warum Rom ... Weshalb der Vatikan ??? ... Sie würde es bald erfahren*)

Begegnung …

Ich folge in den Raum, den obligatorischen Wachmännern hinterher. Und nur eine Sekunde später bin ich schon enttäuscht. Auf dem Stuhl, einem Thron gleich, sitzt ein Mann und keine Frau. Also keine Verona.

„Du bist zur falschen Zeit am falschen Ort," versucht er mich direkt einzuschüchtern. Ich reagiere nicht darauf, nachdem ich wie bei einer Audienz, vor ihm Platz genommen habe. Die Wächter hinter mir, stehe ich bloßgestellt vor ihm. Und er mustert mich von Kopf bis Fuß. Was er sieht, scheint ihm nicht zu gefallen, denn er rümpft kurz die Nase. Ich möchte auch gerne die Nase rümpfen, tue aber nichts. Dies hier alles sind nur Menschen, nicht einmal Werwölfe oder Vampire. Und so spiele ich bereits mit dem Gedanken, diese Farce zu beenden, bevor sie richtig losgehen kann. Ich würde meine Infos schneller bekommen, als wenn ich weiter den Gefangenen spiele. Gesagt, geplant, aber gelaufen ist es anders. Pech gehabt, mehr ist es nicht. So springe ich in aller Öffentlichkeit in den Schatten, tauche im Keller wieder auf, hole meine Waffen. Ein erneuter Sprung und ich stehe wieder oben. Nur diesmal hat sich das Bild vollkommen verändert.

War das eine Falle gewesen??

Um zu testen, was ich tue??

Das Phantom ~ 202/244 ~ Bruno T. Schelig

Die Männer im Raum sind tot. Gebrochenes Genick. Stattdessen befindet sich eine Übernatur im Raum.

Eine Vampirin, eine Schattenvampirin.

Sie lächelt mich belustigt an. *„Hast Du gedacht, dass es so einfach wird? ... Ich lebe schon an die 1000 Jahre. Ich habe mehr erlebt, als Du Dir vorstellen kannst."* Sagt sie.

„Das mag sein ... Im Grunde bist Du mir auch egal. Ich suche jemanden ... Jemanden, den Du entführt hast." Ich sage es und öffne meinen Mantel, damit sie die Waffen sehen kann.

Sie lacht immer noch belustigt. *„Wir dienen den gleichen Herren. Besitzen ähnliche Macht, was das ganze erst interessant macht. ... Ich bin echt gespannt, was weiter wird ... Jemanden wie Dich traf ich noch nie ... Nichtsdestotrotz kannst Du das Mädchen nicht haben. Es gehört jetzt zu mir, ist nicht mehr die, die Du suchst. ... Selbst wenn sie wollte, und das ist nicht so, kann sie nicht mehr in ihr altes Leben zurück ... Das wirst Du akzeptieren müssen, denn sie bleibt außerhalb Deiner Reichweite."* Sie macht eine kurze Pause.

Ich sage erstmal nichts, lasse das sacken. Ja, sie könnte mir ebenbürtig sein. Wie mir, dienen ihr die Schatten. Und so bin ich noch unschlüssig, was zu tun.

Mein Handy klingelt.

„Geh ran, Deine Herren rufen. ... Im Gegensatz zu mir, bist du ein dressierter Hund. Du läufst von Ort zu Ort,

schnupperst nach dem verlorenen Knochen ... Bemitleidenswert." Sie lächelt immer noch.

Das wird nicht funktionieren. Sie versucht nur mich zu provozieren. Ich gehe nicht an das Handy, das ist jetzt unwichtig. Ein Hauch der Verblüffung zieht über ihre Miene. Damit hat sie nicht gerechnet.

„Du hast Unrecht. Ich bin ein Hund ohne Herrchen ... Und egal wohin Du gehst, ich werde Dich finden. Egal welches Land, welches Versteck ... Du entkommst mir nicht ... Denn ich bin anders ... ich will Alex und werde nicht aufgeben, bis ich sie gefunden habe und sie Deinen Klauen entreiße. ... Und nebenbei vernichte ich das Übel an der Wurzel, reiße es mit aller Kraft und ohne Rücksicht heraus." Ich ziehe meine Beretta. Gebe ohne Vorwarnung drei Schüsse in Richtung Brustkorb ab.

Ein Test ...

Ja, sie ist schnell und sie gebraucht die Schatten, springt, wie ich es tue. Für eine Sekunde ist sie weg, taucht wieder auf und hält ein elektrisches Gerät in Händen.

Ein Auslöser ...

„Dann versuch Dein Glück. Wir werden uns wiedersehen. Und dann werden wir sehen ... Jetzt aber, wird nichts geschehen, außer, dass meine Spuren sich in Asche auflösen. Du bist zu spät hierher gekommen." Sie lächelt bei den Worten und dann lacht sie, als sie die Taste drückt. Zeitgleich

springt sie in die Schatten.

Ich zögere auch keine Sekunde, springe ebenfalls und das aus dem Gebäude heraus in den Schatten der Bäume.

Von dort kann ich zusehen, wie Explosionen die Villa zerreißen.

Verlorene Spuren …

Mit Sicherheit nicht !!!

Ich weiß jetzt, was ich jage, wonach ich suchen muss. Und mit Sicherheit werde ich Alex nicht so einfach befreien können.

Aber auch darin verewigte sich ein Fragezeichen.

Das, was Verona gesagt hatte. Alex wolle nicht mehr zurück???

Das Böse hat nun sein Gesicht und seine Fähigkeiten gezeigt. Jetzt kann ich mich wappnen, kenne meinen Feind.

Das Handy klingelt erneut, diesmal gehe ich dran.

Einschub

Spinn Three

Variable Geistesfreiheit

Das Phantom ~ 206/244 ~ Bruno T. Schelig

Sprüche

Die Kunst des Verlierens, besteht im Finden, das sich erst so offenbart.
So sucht ein Taucher seine Perle, sein Fischer den Fisch, und ein Menschlein sein Wahres, das alleine im Innern war.
Von der Wirklichkeit zum Traume, im Spiele eigener Realität, knüpfen Reime ihren Sinn, so alleine, bekommt ein Schreiberling es hin,
dass Worte selber sprechen, Wissen sich alleine verknüpft, und manche Formel ohne Mathematik existiert.
So liest und schreibt man, weil Mensch dies nun mal kann, letztendlich verkettet man das Reine und findet Wahrheits kleinsten Sinn.

<<>>

Eine jede Präsenz, hat ihre eigene Formel. Weder Mathematik, noch die bloße an Wissenschaft, löst die Variablen, die sich selber als Ergebnis formen.
Es ist Zufall, es ist Wahrscheinlichkeit, die Wahl der Entscheidung, die die Ecke einer Realität umrundet.
So gehen wir gerade, so biegen wir ab, manchmal stehen wir still, und immer, finden wir das Me(h)er des Selbst.

<<>>

So, wie die Stille erst den eigenen Ton ankündigt, genau so, formt die Asche ihre Neugeburt. So beginnt es mit dem Nichts, mit einer Flamme, die erst auffrisst, auf dass aus einem Schwarz der Funken eigenes Glühen entstehen kann.
So gebiert ein Traum seine Wirklichkeit, eine Lüge nur eigene Wahrheit und dem Sterben folgt das Leben der Wiedergeburt.
Widersprechender Kreislauf einer geraden Linie, an dessen Ende nur immer ein Sinn stehen muss. Ein Etwas, das nur der menschliche Verstand sich selber zurecht formen muss. Dem Hauch der Zufälligkeit ... dem ist das rein egal.

Vorschau Band 2

Vorschau Band 2

Zuspitzende Möglichkeit

Das Phantom ~ 209/244 ~ Bruno T. Schelig

Verfolgt ...

Das Handy klingelt erneut, diesmal gehe ich dran.

„Die Zeit ist rum ... Haben Sie nun Infos für mich?" Die Stimme meines Chefs. Er muss im Büro gesessen haben, die Zeiger der Uhr im Blick, bis endlich die gewünschte Stunde vorbei war.

Was soll, was kann ich ihm an Infos geben? Es scheint sich alles im Sande verlaufen zu haben. Und die wirklichen Infos wird er nicht verstehen. *„Ich stehe noch mit leeren Händen da ... Ich weiß, dass Alex entführt wurde."*

„Alexandra," unterbricht er mich.

„Alexandra ... und dass im Hintergrund eine Organisation die Fäden zieht, deren Anführer eine Verona ist. Das war es im Groben schon ..." ende ich.

„Das ist alles ??" Fragt er gefrustet.

„Ja, bis jetzt ließ sich mehr nicht ausfindig machen. Der Club ihres Verschwindens brannte ab und das nächste Gebäude mit ebenso Spuren, wird gerade von den Flammen verschluckt."

Er ist glasklar enttäuscht.

Aber was soll ich machen?

Das mit den Vampiren/Werwölfen lasse ich extra Außen vor.

„Rufen sie mich an, sobald Sie mehr haben. Wir müssen da

langsam in dem Fall vorwärts kommen. ... Brauchen Sie Hilfe/Verstärkung, dann greifen Sie zum Handy ... Man macht mir hier die Hölle heiß, wie wer weiß was. In der Zwischenzeit lasse ich diese Verona mal durch den Computer laufen, vielleicht taucht was auf." Brieft er mich.

„Okay," sage ich nur und schon knackt es in der Leitung.

Er hat aufgelegt. Den Namen habe ich schon durch den Computer laufen lassen, aber das weiß er noch nicht. Und dennoch, vielleicht findet er ja mehr als ich.

In der Ferne, hinter der brennenden Ruine der Villa, walzen die Sirenen heran. Polizeiwagen und Löschzüge, die hier ihr Werk tun werden. Aber etwas Anderes fällt dann aus dem Rahmen. Ein schwarzer Wagen entfernt sich von der Aufregung, dem Tumult und der Hektik. Sofort bin ich hellwach und sprinte über die Lichtung zu meinem Wagen. Ich lasse den Motor an und steuere raus aus dem Wald auf die Betonstraße, wo ich den schwarzen Audi ausmachen kann. Ich beschleunige, um zwei Fahrzeuglängen hinter ihm zu kommen. Der Audi bleibt im gleichem Tempo, wird nicht misstrauisch. *Sehr gut.* So folge ich ihm, weiter aus der Abgeschiedenheit weg, wieder in Richtung Stadt. Die Straße ist sonst wie ausgestorben, was mit Sicherheit an der noch frühen Morgenstunde liegt. So langsam kann ich eine Richtung ausmachen, als der schwarze Audi bestimmten Schildern folgt. Es geht Richtung Flughafen. *Da will jemand abhauen !* Am besten lassen wir ihn es tun und heften uns an seine Fersen. Um so näher wir dem Flughafen und der Stadt kommen, um so dichter wird der Verkehr. Familienkutschen auf dem Weg zum Urlaub. Pendler, die es eilig in die Stadt treibt.

Der Audi bemerkt es auch und reagiert auf unerwartete Weise. Er holt ein Blaulicht aus dem Innern und packt es auf das Dach. Kurz darauf schaltet er es an und fährt beschleunigt durch den Verkehr. *Polizei ... das ist interessant.* Ich hänge mich weiter an seine Fersen und beschleunige ebenso. Folge ihm durch die Furchen, die er im Verkehr schlägt. Nur wenige Minuten später, fahren wir auf den Parkplatz des Flughafens. Brav zieht er sein Ticket am Automaten für das Parkhaus, so wie ich direkt dahinter ebenso. Er sucht sich einen Frauenparkplatz, nahe am Eingang. Ich fahre durch, um nicht direkt aufzufallen. Dort halte ich, springe aus dem Wagen und beobachte den Audi.

Wer nun den Wagen verlässt, überrascht mich nicht. Nur die Tatsache, dass sie mit der Polizei zusammen arbeitet. Es ist Verona unter dem Deckmantel einer Sonnenbrille, in Begleitung eines Polizisten, wie ich annehmen muss. Ich ducke mich hinter meinem Wagen, damit sie mich nicht sieht. Sie schlendern an mir vorbei, nur ein paar Meter entfernt und bemerken mich im Deckmantel der Unsichtbarkeit nicht. Natürlich bin ich nicht unsichtbar, nur verhüllt in Schatten und regungslosem Schweigen. Aber das reicht aus, um nicht gesehen zu werden. Es geht Richtung Aufzug und ich folge ihnen in Entfernung, weiter im

Dickicht der Autos. Ich komme so nah, dass ich wenigstens den Knopf sehe, den sie drücken, nachdem sie in den Aufzug gestiegen sind. Sonst nämlich, würden sie mir simpel entkommen. So aber, ist dies nicht gedacht. Dann wäre dieses Verfolgungsspiel mit Nichten wirksam oder auch nur von Nutzen. Es ist das „E", das sie wählen. Und ich, ich warte nicht im Stillstand auf den nächsten Aufzug. Nein, ich nehme die nächstmögliche Variable. Die Treppe.

Und so husche ich durch das Dunkel des Treppenhauses über die Stufen nach unten. Unten angekommen, bremse ich mich aus und öffne sanft, leise die Tür. Nicht zu spät, nicht zu früh. Denn auf der Seite sehe ich sie bereits den Aufzug verlassen und den Weg Richtung Terminal einschlagen. Dort stellen sie sich hinter den anderen Reisenden an. Ich aber nehme Platz zwischen den Wartenden auf den Sitzen. Greife mir eine Zeitung und blättere wie desinteressiert darin. Ein Wartender muss ich sein und so spiegele ich das Bild. Mit aufgezwungener Muße, mit trippelndem Schritt der unruhigen Fußsohle und schon passe ich in das Bild. Natürlich behalte ich Verona die ganze Zeit im Blick. An die 50m entfernt, strahlt sie die Ruhe selbst aus. Sie muss sich in Sicherheit wiegen, da sie glaubt, nicht entdeckt worden zu sein. So soll sie es auch weiterhin glauben. Ich muss nur wissen, wohin sie fliegt. Dann kann ich ihr folgen. Denn dass sie etwas vorhat, ist nicht zu übersehen. Sie hat alle Spuren beseitigt. Das Verona Velvet, ihre Villa, sind den Flammen zum Opfer gefallen.

Mein Blick streift über die Anzeigetafel. Paris Gate 1, Rom Gate 2, Berlin Gate 3 und so geht es die Gates hinauf. Weiß ich, welches Gate sie wählt, so kann ich folgen. Ein Schattensprung über die Länder hinweg ist nicht möglich. So sind Verona und meine Person an die üblichen Transportwege gefesselt. Mein Glück, so wie es mir jetzt scheint.

Ich beobachte das Drumherum, während ich warte. Sehe die strahlenden Gesichter, die sich in Umarmung begrüßen. Oder auch die, die gehen lassen müssen. Vielleicht nur für einen Urlaub, ein paar Wochen, aber sie müssen es tun. Dort sind zwei im Kuss vereint und vergessen Ort als auch Zeit.

Ich muss lächeln.

Dies ist ein Bahnhof der Emotionen, die hier wild explodierend ankommen oder auch abfahren. Sie schaukeln hoch und ebben ab, wie das Meer an Menschen, das hier jedesmal individuell seiner Bahn folgt. Und doch sind sie in Masse an Ähnlichkeit. Gehen und Kommen, begrüßen und verabschieden. Zusammentreffen oder trennen. Gegensätze und doch in Emotionen die Gemeinsamkeit. Alles in Allem ein Meer der Gefühle.

Endlich ist Verona am Schalter angekommen und gibt die Unterlagen ab. Sie bekommt wieder und biegt vom Schalter ab. Ich, gespannt, folge ihrem Pfad. Es ist Gate 2, das sie ansteuert. Sie zeigt dort ihre Karte und darf durch. Ihre Begleitung bleibt stehen, winkt ihr zu und entfernt sich dann wieder vom Gate, geht zurück Richtung Aufzug.

Nun bin ich dran. Ich erhebe mich von meinem Sitz und gehe zu der jungen Dame am Gate. Ich ziehe meine Marke und halte sie ihr vor das Gesicht. *„Ich muss zu der Maschine."* Und für einen Moment ist sie verunsichert und schaut mich hilflos an. Sie weiß nicht, was zu tun. Dann hebt sie den Arm und winkt Jemanden herüber. Wahrscheinlich ein Vorgesetzter. Mißmutig kommt er herüber, vorbereitet auf Komplikationen, um die er sich kümmern muss und seine verdiente Pause unterbrechen. Ein grunzendes *„Ja"* ertönt zur Begrüßung. Ich zeige ihm meine Marke. Er mustert sie, teilnahmslos, nicht im Mindesten eingeschüchtert, wie seine Kollegin. *„Ich muss zur Maschine. Eine gesuchte Kriminelle hat gerade eingecheckt. … Und wenn es sich machen lässt, müsste ich auch mit fliegen."* Genervt blickt er mich an.

„Dann gehen sie." Er zeigt an der Kollegin vorbei. *„Nur ob sie mitfliegen können, entscheiden nicht wir. Dafür ist das Sicherheitspersonal zuständig."* Er zieht ein Funkgerät aus der Tasche am Gürtel und spricht hinein. Nicht aufgeregt, eher sachlich und ruhig. Er steckt es nach ein paar Minuten wieder weg, wendet sich an mich. *„Sie dürfen mitfliegen. Man erwartet sie."* Sagt er und zeigt auffordernd in Richtung Maschine. Er will die Komplikationen los werden. Die Ruhe des Trottes wieder haben. Ich bedanke mich und schreite an ihm vorbei durch das Gate. Nach nur ein paar Minuten kommt man mir bereits entgegen. Die Security des

Flughafens in drei Männern. Sie kommen geradewegs auf mich zu. „Sie sind der Polizist?" Ich bejahe. „*Wir haben einige freie Plätze in der Maschine. ... Um was für einen Fall handelt es sich??*" Fragt der Chef der dreien aufgeregt. Im Gegensatz der Kollegen vorne am Gate, begrüßt er die Abwechslung. Die Tatsache, dass hier endlich was passiert. „*Terrorismus, Mord, Verschwörung im großen Stil,*" gebe ich ihm zur Antwort und seine Augen leuchten. „*Die Verdächtige kennt mich bereits. Ich muss also ungesehen mitfliegen, wenn das geht.*"

„*Welche Klasse fliegt sie?*"

„*Sehr wahrscheinlich 1. Klasse. Wenn Sie also einen Platz in der 2. für mich hätten, wäre ich Ihnen sehr dankbar.*"

Der Chef nickt seinem Kollegen zu. Der spricht in sein Funkgerät und nickt danach bejahend seinem Chef zu. „*Also gut, dann folgen Sie mir.*" Zu dritt begleiten sie mich zum Flugzeug und nach hinten in die 2. Klasse. Ich mustere die anderen Passagiere. Zu meinem Glück habe ich Recht. Verona ist nicht zu sehen. Und so lasse ich mich neben einer älteren Dame in den Sitz fallen. Auch die Passagiere mustern mich und meine Eskorte aus den Dreien. Auch sie wollen Infos und Aufregung. Aber sie bekommen sie nicht.

Der Chef der Dreien wünscht mir noch Glück und lässt mich dann widerwillig in der Maschine zurück. Zu gerne wäre er weiter ein Teil der Verfolgungsjagd geworden.

Minuten später startet die Maschine und es geht auf nach

Rom. Nichtwissend, was mich dort erwartet, bin auch ich diesmal neugierig.

Zu Schiff …

(*Es war die Hölle. 12 Mädchen/Frauen auf einem Schulausflug, die aufgeregt sich nicht bremsen konnten und plapperten, plapperten und plapperten … Heilige Scheisse …*) Alex war heilfroh, als sie von Manu in ihre Kabine gebracht wurde. (*Nur weg von den Anderen.*)

Manu war so etwas wie Matrischkas rechte Hand. Und so versuchte Alex Informationen von ihr zu bekommen. „*Wohin geht es jetzt? Was genau wird jetzt passieren? Weißt Du was?*"

„*Erstmal geht es mit dem Schiff weiter. In ein paar Tagen laufen wir einen Hafen an und dann geht es mit dem Flugzeug nach Rom.*" Gab Manu ihr sogar Auskunft.

„*Warum Rom? Was wollen wir da?*" Versuchte Alex es weiter.

„*Es geht um ein Artefakt, das der Vatikan besitzt. Verona will das haben, da sie es braucht. Wofür weiß ich nicht. Und außer Matrischka weiß es wohl auch noch keiner … Zu gegebener Zeit werden wir es wissen. … Auf jeden Fall machen wir keinen Freundschaftsbesuch im Vatikan … Es wird blutig werden, so viel ist klar.*" Gab Manu ihr noch weiter Auskunft.

„*Danke,*" sagte Alex.

Manu versuchte in Alex zu lesen. „*Du wirst Dich schon

daran gewöhnen. So schlimm sind die Anderen auch nicht ... nur etwas aufgedreht ... aufgeregt. Manche sind schon ein Jahrzehnt bei Matrischka und in der Familie. Nie ist so etwas passiert wie jetzt. Und nie haben sie die Stadt verlassen oder sogar eine Reise zusammen unternommen. ... Deswegen verzeih ihnen ihr kindisches Verhalten ..."

„Ich werde es versuchen," (*sofern möglich*) sagte Alex.

„In einer Stunde ist unten eine Versammlung. Du musst auch da sein." Sagte Manu.

„Ich werde da sein." Kam es kurz von Alex

„Gut, gut ... dann bis später."

„Bis später." Und Manu schloss die Tür zu ihrer Kabine und endlich war Alex mal alleine.

Als Manu verschwunden war, legte sie sich auf die Koje. Etwas hart, aber es müsste gehen. Ihre Kabine war nur eine paar Quadratmeter groß. Die Koje zum Schlafen, ein kleiner Kleiderschrank, ein Tisch und ein Stuhl. Sie hatte extra eine Kabine ohne Bullauge gewählt. Sie musste nicht daran erinnert werden, dass sie auf dem Wasser waren. (*Noch einmal so eine Angst durchstehen ... Nein, danke ... das musste wirklich nicht sein.*) Sie stand auf, guckte in den Kleiderschrank. Er war gefüllt. Mit Kleidern, Klamotten in jeder Variation. Ja, Verona war reich und das spürte man an jeder Ecke. Einer der Vorteile, in der Familie zu sein. Sie durchwühlte die Kleider und wählte eine dunkelblaue Jeans und ein schwarzes Oberteil. Duschen mussten sie ein paar Gänge weiter. Und so verließ Alex die Kabine wieder und versuchte sich in der Orientierung. Im Verstand hatte sie den Weg abgespeichert und konnte simpel darauf zugreifen. Ein Vorteil der Verwandlung.

Es blieb zu hoffen, dass das Duschen nicht auch Ängste auslöste. Sie öffnete die Tür zum Badezimmer und vergaß sofort, dass sie auf einem Lastkahn war.

Das Badezimmer war gut und gerne 20 qm groß. Von innen mit weißen Fliesen gekachelt, der Boden in dunklem Stein gehalten. Darin war ein Waschbecken, eine Dusche und eine Badewanne im Whirlpool Stil. Die Düsen an den Seiten für den Schaum und die erfrischenden Luftbläschen. Eine Toilette und Pissoire. Handtücher lagen bereit in weißen Regalen, so wie Dusch- und Badezeug in jeder Variation. Alex entschied sich für Honig und Milch. Sie öffnete den Verschluss, schnupperte einmal dran. (*Ja, ... definitiv die richtige Wahl.*) Sie zog sich aus und ging hinüber zur Dusche. (*Natürlich der prüfende Blick vorher zur Tür ... aber es war abgeschlossen, sie war sicher ... niemand würde ihre Dusche stören ... welche Wohltat*) Sie ließ das Wasser an und horchte in sich. Es gab keine Reaktion, keine Abwehr oder Angst. Das Wasser aus der Dusche machte ihr nichts aus. (*Das wäre es auch gewesen ... wenn sie nicht mehr hätte duschen können ... oder jedes Mal Ängste ausstehen müsste ... nicht auszudenken ... so lag die Angst an natürlichem Wasser ... an tiefem Wasser ... Angst zu ertrinken ... oder ähnliches? ... Sie würde es mit der Zeit heraus finden ... Jetzt aber in der Dusche entspannen.*)

Sie betrat die Dusche und das wohltemperierte Wasser und ließ sich fallen. In tausend kleine Tropfen, die aus dem Entspannungsduschkopf auf sie herunter prasselten. (*Das ähnelte den feinen Fingern einer Massage ... die sie am Kopf, am Nacken, am Rücken berührte und dann sanft hinunter am Rest des Körpers lief und jeden Zweifel, Ärger oder Aufregung einfach abwusch.*) Sie öffnete das feine Duschzeug und ließ sich beim Duschen in dem Duft einlullen. Die leichte Würze des Honigs umhüllte sie und ließ sie sich ebenso noch tiefer in die Entspannung fallen. Das vermischt mit der sanften Berührung der Wassertropfen, erinnerte an ein Paradies. (*Die Dusche in einem leichten Wasserfall ... in den leichten Tropfen eines Springbrunnens ... unvergleichlich zart und frei einfach nur ... unbeschreiblich.*) Als sie eigentlich fertig mit Duschen war, hängte sie noch Minuten der Entspannung dran, in der sie sich einfach nur noch von dem Hauch feinen Wassers berieseln ließ. So ungern wollte sie die berauschende Empfindung verlassen. Und dann musste sie es etliche Minuten später leider doch und stellet das Wasser nur widerwillig ab. Sie ergriff eines der bereitliegenden Handtücher und rubbelte sich mit flauschig weichen Handtüchern trocken. Dann in die neuen Klamotten und ewig unendlich erholt, stellte sie sich vor den Spiegel und bürstete sich die Haare. Sie entschied sich für einen

Pferdeschwanz, der ließ sich erstaunlicherweise mit den noch kurzen roten Haaren machen. (*Ja ... die Haare waren enorm gewachsen ... sie hatte sie immer kurz und lockig getragen ... jetzt aber ging schon ein Pferdeschwanz.*) Ihr Bild im Spiegel gefiel ihr. Die Sommersprossen waren verschwunden, statt dessen hatte sie eine klare, zarte Haut. (*Schon fast übernatürlich weiß und eben ... ja, fast erinnerte es an Elfenbein.*) Ihre Augen waren gleich grün wie immer, nur schienen und reflektierten sie das Licht einen Hauch mehr. Die Verwandlung hatte also doch auch an ihrem Äußerem etwas verändert. (*Nicht schlechter ... nur verbessert ... aber genug von der Selbstverliebtheit*) Sie wandte sich vom Spiegel weg, sammelte ihre alten Klamotten und das Handtuch ein und verfrachtete es in den bereit stehenden Wäschesack. Sie sah sich noch einmal um, nahm Abschied von der traumhaften Dusche und schloss die Tür auf. Draußen dann, durfte sie ihr Paradies wieder vergessen und sich daran erinnern, dass sie auf einem Schiff war. (*Auf zu dieser Versammlung, die müsste gleich stattfinden*) Die engen Gänge, das Schwanken zwischendurch, das Wasser vor den Bullaugen, nichts ließ sie vergessen, wo sie sich befand. Und so folgte sie wieder Gang um Gang, Ecke um Ecke, die gleich und ähnlich aussahen. Mal war hier ein Rettungsring, mal dort ein Feuerlöscher, mal die Notfallaxt und so konnte sie fast trennen, ob sie schon dort gewesen war, oder eben nicht. Diese markanten Kennzeichen waren das Einzige überhaupt das verhinderte, dass sie sich nicht im Kreis bewegte. Und so kam sie vorwärts, suchend, unsicher wie das Kleinkind im übergroßen Kinderzimmer, aber sie bewegte sich fort. Nach einigen Schritten, unendlichen Wegen, wie es schien, fand das markante Kennzeichen dann sie. Die Geräuschkulisse wie in einem Bahnhof. Wildes Geplapper, Getratsche, Lachen und aufgeregte Stimmen. Sie folgte diesen Tönen, die erst leise zu ihr herüber wehten und fand den Ort der Versammlung.

Es war wieder ein umfunktionierter Raum. In der Mitte mehrere große Tische, die aneinander gestellt worden waren. An den Seiten die Stühle mit den anderen Mädchen, die nicht eine Sekunde still sein konnten. So schien es bis jetzt auf jeden Fall. Denn als Alex den Raum betrat, wurden sie mit einem Mal alle mucksmäuschen still. (*Die Neue war da … der Außenseiter, der Neuankömmling, der noch nicht dazu gehörte*) Unangenehm und ebenfalls ruhig als auch vorsichtig, suchte Alex sich einen Platz, als könne jedes Geräusch die Stille zerstören, die in der Luft hing. Dankbar fand Alex einen Platz neben Manu, die sie mit einem Lächeln begrüßte und sogar ein „*Hallo*" aussprach. Alex antwortete mit einem „*Hi*" und die anderen Mädchen wandten sich wieder von ihr ab, um ihren eigenen Gesprächen zu folgen. Mal hier, mal dort lauschte Alex mit, konnte den Unterhaltungen aber nicht Recht folgen. In Mitten des erwachenden Trubels fühlte sie sich … allein. Als hätte sie ihre Gedanken gehört (*was ja mittlerweile zur*

Gewohnheit wurde ...) fing Manu ein Gespräch mit ihr an.

„*Das ist normal. ... Neuen gegenüber sind hier alle misstrauisch.*" Sagte sie. Alex nickte, noch leicht verunsichert. „*Das gibt sich mit der Zeit ... Die letzte Neue ist vor über 2 Jahren dazu gekommen. ... Das war Jasmin.*" Sie zeigte auf ein Mädchen mit blonden Haaren, das gerade ebenfalls mit einem Mädchen in ein Gespräch vertieft war. „*Neben ihr sitzt Silvia, sie ist eine der Ersten in der Familie gewesen.*" Ein anderes Mädchen, mit schwarzen Haaren diesmal, schulterlang. „*Hab keine Sorge, mit der Zeit lernst Du alle kennen ... Das dauert nur etwas ... Gib Dir Zeit.*"

„*Das werde ich,*" sagte Alex und schob noch ein „*Danke*" hinterher. Sie fühlte sich immer noch nicht besser, wenn sie auch drei Gesichter schon mit Namen zusammen bringen konnte.

Nach unendlichen Minuten, in denen Alex schwieg und nur den anderen zuhörte, öffnete sich die vordere Tür des Raumes und Matrischka trat ein. Sofort verstummten alle Gespräche wieder im Raum. Mit ihr kam ein junger Mann, der ein Tablett in Händen hielt. Darauf wieder die Gläschen mit der dunklen Flüssigkeit. Das Konzentrat, wie Alex mittlerweile wusste. Der Typ im Anzug (*erinnerte an einen Kellner ...*) verteilte die Gläschen an jedem Platz bei den Mädchen. Dann verließ er schnurstracks den Raum wieder. Die anderen Mädchen griffen nach dem Gläschen und tranken und so tat Alex es ebenso. Matrischka wartete bis alle ihre Gläschen getrunken hatten, dann erhob sie das Wort.

„*So weit so gut,*" sie räusperte sich. „*Wir sind jetzt alle beisammen. Eine Neue haben wir im Kreis,*" sie zeigte auf Alex. „*Seid nett zu ihr, erklärt ihr alles, beantwortet ihre Fragen, darum bitte ich euch. ... Sie ist ebenso ein Teil der Familie, wie ihr es auch seid.*" Erneute Pause und alle blickten Alex wieder kurz an, nickten ihr zu. (*Sie war aufgenommen ... nur weil Matrischka es sagte ... Ok ...*) „*Wie ihr wisst, geht es nach Rom,*" fuhr sie fort. „*Ein paar Tage auf dem Wasser, dann geht es mit dem Flugzeug weiter. In Rom dann erwartet uns unsere erste Aufgabe als gemeinsames Team ... Wir müssen was für Verona besorgen, ... was genau und wie wir vorgehen, erfahrt ihr dort. ... Ich erwarte absolute Disziplin und Gehorsam, sonst wird es Folgen geben. ... Wir dürfen uns dort keinen Fehler erlauben, sonst ist der ganze Plan für die Katz ... Verstanden?*" Sie blickte jeden einzeln an und jeder nickte zur Bestätigung, wie auch Alex es den Anderen nach tat. (*Absoluter Gehorsam ... Folgen ... Ein Plan ... Es wurde Zeit, dass hier mal mit offenen Karten gespielt wurde ... denn so zog sich alles nur in die Länge ...*)

„*Geduld,*" sagte Matrischka an Alex gewandt. „*Ihr erfahrt alles zu seiner Zeit ... So nur, wie ihr es wissen müsst. Nur dann ist die Sicherheit des Planes gewährleistet.*" Alex nickte ertappt. Matrischka fuhr fort und erzählte viel vom Drumherum. Sie zählte Verbote auf, an die es sich zu halten hielt, wie kein Kontakt zu Jemandem als zur Familie. Kein eigenständiges Verlassen des Schiffes. Die Crew des Schiffes war tabu. Wer sich an ihnen vergriff, musste mit Folgen und Strafen rechnen. Es gab mehr Verbote als Erlaubtes. Und so langsam wurde es Alex unangenehm. Es erinnerte an die engen Maschen eines Gefängnisses, was alles aufgezählt wurde. Knapp 2 Stunden später dann, war diese Versammlung vorbei und die Mädchen durften wieder in ihre Kabinen. Alex legte sich auf das Bett und merkte erst jetzt, wie müde sie eigentlich war. Kurze Zeit später schlief sie dann auch einfach ein.

Begrüßung …

Den Flug über habe ich geschlafen. Zwischendurch hatte ich die Augen mal auf, um der alten Dame neben mir beim Stricken zu gucken zu dürfen. Oder dem Kind bei den wirbelnden Aktivitäten ohne Sinn zu folgen. Tausend Hummeln im Hintern, wurde es von der Mutter angehalten, ruhig sitzen zu bleiben. Ein Ding der Unmöglichkeit und so suchte es sich Aufgabe um Aufgabe, Streich um Streich. Gummibänder auf andere Passagiere flitschen zu lassen z.B.. Dies ging so lange, bis die Mutter genervt den Nintendo DS rausholte und die Kinderaugen konzentriert und gefesselt auf den Bildschirm starten.

Dort ein Liebespaar, das aneinander geschmiegt, flüsternde Worte an Liebkosungen austauschte. Direkt dahinter der Geschäftsmann mit dem Laptop auf den Knien, der Zahlen und Bilanzen verglich. Ein bunt gemischter Haufen des Mittelstandes hier in der 2.Klasse. In jeder Variation unterwegs, um eigenen Zielen zu folgen. Und jeder suchte sich im passenden Abbild auch seine Beschäftigung, um die Stunden des Fluges um zu bekommen. Nicht verwunderlich, abnorm oder seltsam. Einfach nur verständlich und interessant zu beobachten. Ein bunt gemischter Haufen, das Spiegelbild des Mittelfeldes der existenten Gesellschaft.

Ich beobachtete nur. Filterte die Eindrücke und ließ so die langen Stunden des Fluges zerrinnen. Dann endlich kam die erwartete Ansage für den Anflug des Flughafens. Ohne

Komplikationen landeten wir.

Und jetzt befinde ich mich in der Masse der wuselnden Menschen, die alle zeitgleich aussteigen wollen, müssen, sollen. Ich unterliege dem Druck ebenso, nur dass ich früher raus muss, um Verona nicht aus den Augen zu verlieren. Ich darf die gerade gewonnene Spur nicht im Treibsand der Masse untergehen lassen. Und so drängele ich mit und schiebe mich an den anderen Passagieren vorbei, um ebenfalls als einer der Ersten hinaus zu kommen. Unter den ersten vier schiebe ich mich durch den Ausgang und die Treppe hinunter. Ich vollführe das Kunststück niemandem in dem Gedrängel auf die Füße zu trampeln, obwohl man geschubst und geschoben wird. Nur halbherzig beachte ich den Wusel an Menschen, der mich aufhalten bedrängen will als auch gleichermaßen antreibt. Mein Blick hängt an der Treppe des anderen Ausgangs. Dort wo ich Verona erblicken will. Und wirklich, ich sehe sie gemütlich die Treppe hinunter steigen.

Dort drüben, bei der Treppe der 1.Klasse herrscht nicht so ein Gedrängel. Dort geht man geordnet, nacheinander und langsam gleichmäßig die Treppe hinunter. Ich halte sie in meinem Blick gefangen, um sie ja nicht aus den Augen zu verlieren, während ich mich in der Masse verstecken kann, so dass sie wiederum mich nicht sehen kann. Unten an der Treppe dann, der meinen des Gedrängels, erblicke ich unwillkommen eine Vierer-Gruppe. Schön adrett in die Uniformen gepresst, stehen sie bereit, um mich in Empfang zu nehmen. Es war klar, dass die Polizei Roms, mich hier nicht so einfach werkeln lassen wird. Sie müssen eingreifen, verändern und der Landessitte anpassen.

Unten angekommen, fischen sie mich aus der Masse heraus. Mit Sicherheit war meine Beschreibung durchgegeben worden, als wäre ich der gesuchte Terrorist. Und in Wahrheit bin ich zumindestens ein Störenfried im normalen Ablauf. Weswegen man mich auch abfängt.

„*Sie sind der Polizist ???*" Ich bestätige die Frage. Hinter der Vierergruppe sehe ich Verona über das Rollfeld Richtung Flughafen gehen. Ich zeige auf sie. „*Ich muss wissen, wohin sie geht ... Das ist von höchster Dringlichkeit und Bedeutung für den Fall.*" Der Anführer der 4 nickt und schickt Gott sei Dank einen Beamten los, der Verona auf den Fersen bleibt. Bleibt zu hoffen, dass sie ihren Verfolger nicht bemerkt, denn immerhin trägt er eine Uniform und wird ihr im Polizeiwagen folgen. Nervige Komplikationen, aber ich bin ihnen als Polizist nun mal unterworfen.

„*Willkommen in Rom,*" schickt der Anführer mit hohem Dienstgrad mir nun doch förmlich die Begrüßung entgegen. Ich nicke ohne ein Wort. Ich sehe in schlimmster Befürchtung die Spur verschwinden, die ich nur durch Glück erhielt. „*Der Polizeichef will mit Ihnen sprechen, bevor wir sie gehen lassen können ... Er bittet dringlich darum.*" Kommen die auffordernden Worte. „*Wenn Sie uns also folgen wollen.*" Ich habe keine Wahl und so muss ich mit den

Dreien gehen. Ich folge ihnen ebenfalls über das Rollfeld. Eine Unterhaltung findet nicht statt, dafür macht das gerade startende Flugzeug zu viel Lärm. Und so wird mir nur zugenickt, als wir am Dienstwagen ankommen. Ähnlich wie ein Verbrecher nehme ich hinten Platz, einen Polizisten neben mir. Wer weiß, was hier erzählt worden war, dass man mir sogar 4 Beamte schickte, um mich abzuholen.

Wir verlassen den Flughafen und reihen uns in den dichten Verkehr ein. Nur stockend bewegt sich das Meer an Autos, dessen Teil auch wir nun einer sind. Hupenkonzerte an einem Ende, mit Sicherheit die wüsten Schimpfworte am Anderen. Die Sonne am blauen Himmel tut ihr Übriges und schickt ihre Strahlen blendend heiß hinunter in den Treibsand eigener Trägheit. Meter um Meter, Autolänge um Autolänge geht es nach vorne, bis endlich der Verkehr sich nach dem nächsten Kreisverkehr ausdünnt. Von da an, kommen wir schneller vorwärts und rauschen durch die verwinkelten Gassen der Stadt. Gut eine halbe Stunde später sind wir in einem Außenbezirk, wie der Fahrer mir erklärt und kurze Zeit später auch am Polizeipräsidium. Wir fahren durch die breite Einfahrt und parken zur rechten Seite. Wieder werde ich von den Dreien eskortiert und zum Gebäude gebracht. Dort nehmen wir den Aufzug in die 3. Etage und folgen auf grünem Teppich dem Flur. Die 4. Tür auf der rechten Seite ist es dann endlich. Einer meiner Dreier Eskorte geht voraus, kündigt mich an, dann werde ich rein gebeten und darf auf einem nackten, knarrenden Holzstuhl Platz nehmen. Ein

„Willkommen" begrüßt mich aus dem Mund eines älteren Mannes, der unpassend, sich dennoch in eine Uniform gepresst hat. Dicke Augenränder, graue Bartstoppeln, eine fahle Hautfarbe, sieht mein Gegenüber eher krank, denn einsatzbereit aus. Unter einem strengen Blick, schicke ich ein *„Hi"* zurück. Die Floskeln der Förmlichkeit wollen wir ja aufrecht erhalten.

„Sie haben ja für einige Aufregung gesorgt," kommt es von ihm.

„Ist das so?" Frage ich. *„Wenn, dann war mir das nicht bewusst. ... Ich habe rein eine Verdächtige verfolgt, die leider mit dem Flugzeug abhauen wollte."*

„Ja, das kam mir zu Ohren. ... Es muss Ihnen aber bewusst sein, dass sie länderweit nicht operieren," eine Pause *„ ... dürfen. Geschweige denn die Vollmacht erhalten."*

„Das ist es. Und dennoch konnte ich die Spur nicht einfach unverfolgt lassen. Dafür hängt zu viel daran." Verteidige ich mein Vorgehen.

„Ja, auch das habe ich gehört. Das verschwundene Mädchen. ... Wie heißt sie noch?" Fragt er.

„Alexandra Reuber"

„Ja, genau, Reuber. Es ging auch hier durch die Medien. Wollen Sie, dass wir sie suchen lassen? Wir könnten eine Telefonhotline für Hinweise einrichten, so wie die Medien verstärkt einschalten." Bietet er mir an.

„Das wäre mir mehr als Recht. Jede Hilfe ist von Nutzen, sofern sie weiter bringt." Stimme ich zu.

„Was ist nun mit der Verdächtigen, die sie verfolgt haben? Wie passt sie in das Bild? Hat sie Alexandra entführt?" Fragt er.

„Ja, das ist zu vermuten, auch wenn ich es nicht genau weiß. Auf jeden Fall hängt sie mir drin und ist verdammt schwer zu packen, deswegen musste ich ihr folgen, um sie nicht aus den Augen zu verlieren." Erkläre ich.

Die Tür wird geöffnet und ein Beamter kommt herein und gibt meinem Gegenüber einen Zettel. Dann verlässt er den Raum wieder. Er liest es, hebt eine Augenbraue, reicht den Zettel dann mir. Ich lese es. „Hotel Chevradier" steht darauf.

„Dort ist ihre Verdächtige abgestiegen. Der Beamte ist ihr unauffällig gefolgt und hat es notiert."

Mein Herz macht einen Satz. *„Danke. Das ist grandios."*

„Sie haben hier leider keine Befugnisse, wie ich klarstellen muss. Sie dürfen Ihre Waffe nicht benutzen, niemanden festnehmen. ... Aber wir arbeiten Ihnen gerne zu.." Er reicht mir den nächsten Zettel. *„Darauf ist die Telefonnummer eines meiner Beamten. Ein Anruf und sie bekommen Unterstützung als auch Verstärkung. ... Mehr kann ich nicht für sie tun."* Endet er.

„Danke." Wiederhole ich. *„Das ist mehr als ich erwartet habe. Wenn Sie mir noch ein Hotel nennen können, wo ich*

bleiben kann?"

Er ruft einen Beamten herbei, spricht mit ihm auf italienisch und weist ihn darauf hin mich zu einem Hotel zu bringen. Dann steht er auf, reicht mir über den Tisch die Hand. Ich besiegele den Handschlag und schüttele sie. Dann verlasse ich in Begleitung des Kollegen den Raum und das Gebäude. Es geht wieder in das Fahrzeug von eben und schon fahren wir wieder vom Hof rein in die Stadt. Ich hole den Zettel aus der Tasche und zeige ihm den Fahrer. Erst will ich wissen, wo das Hotel von Verona liegt, um die Spur im Blick zu behalten. Er nickt und braust in den dichten Verkehr. Quietschende Reifen, wildes Hupen begleiten uns im ersten Moment, bis man bemerkt, dass es ein Polizeiwagen ist, der das rasante Manöver durchführt. Wir fahren etliche Minuten durch die Stadt und natürlich kann ich mir den Weg nicht merken. Aber ich werde später einen Schattensprung durchführen können, wenn ich einmal den Ort gesehen habe. Ich nicke zur Bestätigung und er fährt wieder ab, zurück in den dichten Verkehr.

Während der Fahrt ordne ich meine Informationen. Ich weiß, wo Verona sich befindet. Ein Klasse Pluspunkt. Was sie hier will und warum diese Stadt? Nur Fragezeichen, aber ich werde es herausfinden. So viel ist sicher. Dass man mich hier so erwartete, damit hatte ich gerechnet, das war nicht überraschend. Es war klar, dass die Polizei es nicht gerne sehen würde, wenn ein fremder Polizist in ihrem Revier herum spazierte. Und man hatte mir schließlich Hilfe angeboten. Von daher eine positive Entwicklung. Der Vatikan … schoss es mir in die Gedanken. Er war hier in der Nähe. Das markante Merkmal dieser Stadt. Aber was sollte Verona dort wollen? Außer Schätze und viel Geld? Ging es darum? Wie gesagt nur Fragezeichen. Aber mit der Zeit würde ich es aufklären. Dann endlich waren wir an meinem zukünftigem Hotel. Ein Portier öffnete die Fahrertür und hieß mich willkommen. Er wollte die hintere Tür auch öffnen, aber ich hielt ihn ab. Mein italienisch war nicht fließend aber zur Verständigung reichte es. *„Kein Gepäck,"* sagte ich zu ihm. Er sah mich mit hochgezogenen Augenbrauen an. Eine Sekunde stand er nur baff da, dann nickte er und zeigte zum Eingang. Mein Fahrer stieg ebenfalls aus und begleitete mich zur Anmeldung. Dort zeigte er seine Polizeimarke und erklärte viel drumherum. Und wirklich, ich bekam ein Zimmer. Ich füllte schnell die nötigen Formulare aus und erhielt dann meinen Schlüssel. Der Beamte reichte mir die Hand zum Abschied und ich bedankte mich in aller Förmlichkeit bei ihm. Nach einem italienischen „Nicht der Rede wert" verabschiedete er sich. Ein Angestellter wurde bereitgestellt, um mich zum Aufzug zu begleiten und nach oben zu meinem Zimmer. Oben bekam er sein Trinkgeld dann in Dollar und ich war alleine in meinem Zimmer. Dort ließ ich mich nach einem Rundgang erstmal auf das Bett fallen und schloss die Augen. Ein, zwei Stunden Ruhe würden mir nicht schaden. Und außerdem war es bis dahin bereits dunkel und bei Nacht …, da jagte sich einfach besser.

Das Phantom ~ 235/244 ~ Bruno T. Schelig

Unterricht

Nach wirren Träumen voll Dunkelheit und Blut, erwachte sie. Sie konnte sich nicht mehr daran erinnern, was sie geträumt hatte, aber es war ein wirres Durcheinander gewesen, so viel war klar. (*Genau so wirr ... wie die Wirklichkeit voll Infos und Wissen ... Ein Spiegel der Realität, die sie nun lebte.*) Sie schob die Gedanken bei Seite, die sie in das Grübeln und Verstehen ziehen wollten und suchte sich erneut neue Klamotten aus dem Kleiderschrank. Diesmal war sie für schwarz und weiß. Sie ging wieder hinüber in das Bad und machte sich frisch. Dann kam sie heraus, planlos und nicht wissend, was zu tun, als eine Glocke erklang. Neugierig folgte sie wieder dem Ton und betrat einen Raum, eine Wirklichkeit, mit der sie bis dato nicht gerechnet hatte. (*Glaube ... ja, möglich ... aber diese Religion ... vollkommen unerwartet...*)

Alle knieten am Boden, mucksmäuschenstill. Und so tat Alex es auch, nachdem sie wie ein Störenfried, ein Zuspätkommer, eingetreten war. Das Quietschen der Tür störte keinen, alle schienen versunken. (*Im Gebet ... in Trance ... in Meditation*) Und zum ersten Mal erlebte sie die anderen Mädchen vollkommen still, ohne das geringste Plappern. (*Ungewohnt ... fast unnatürlich*) Sie ließ sich ebenfalls hinten rechts auf die Knie nieder und guckte sich ab, was zu tun. (*Auf die Knie ... die Hände flach auf die Oberschenkel und hinunterbeugen*) In den Augenwinkeln sah sie den Anderen zu, die einfach nichts machten, als gleichmäßig zu atmen. Vorne, wie in einem Schrein, stand eine Figur, von Blumen umgeben. Eine Buddha Figur, nur dass sie schwarz war. Vor der Figur stand ein Behälter, in das Matrischka gerade die dunkle Flüssigkeit goss (*Blut ...*) und dann andächtig zurück an die Spitze ging und sich auch niederkniete.

„Es war der Pfad des Blutes, der schwarze Pfad." Hörte sie diesmal Gedanken der Erklärung. Alex sah sich überrascht um und fing Matrischkas Blick auf. *„So, wie ich Deine Gedanken lesen und empfangen konnte, so können wir auch stumm senden ... Das alles ist neu für Dich ... aber Du gewöhnst Dich daran."* Erschienen die Worte in ihrem Geist. Im Draußen war alles weiterhin still. (*Verwirrend ... komplex ... anders ... neu*) „*Ok*", sprach Alex in Gedanken aus.

„Unsere Spezies betet als Vater im Glauben den schwarzen Buddha an, als Mutter die schwarze Göttin Kali. So vergessen wir unsere Ursprünge nicht und erhalten unsere Macht. Der Pfad, dem wir folgen, ist der der linken Hand. Wenn Du länger dabei bist, wirst auch Du dort Kali tätowiert bekommen, wie alle anderen Mädchen." (*Auf dem Unterarm die Gottheit Kali ... stimmt, sie hatte es bei den Anderen gesehen ... ihm aber keinen Wert zu gewiesen.*) *„Dabei ist es von markanter Bedeutung unseres Glaubens, der dem Blut entspringt und uns Kraft, Macht und Unsterblichkeit sichert."*

Alex sparte sich eine Antwort. Alles war neu für sie und es hörte nicht auf damit, ihr immer noch mehr in dieser Welt zu zeigen, dessen Teil sie nun war.

„Der Glaube, die Meditation und die Gottheiten, geben uns Macht über das Tier in uns, das Wesen, das Andere ... damit wir es kontrollieren können und es uns nicht verschlingt."

Im Geiste nickte Alex. Sie verstand das mittlerweile sehr gut. Nach den Träumen letzter Nacht, noch viel besser. (*Es war immer da, drängte, bohrte, suchte um Kontrolle. Dieses Andere und von nun an, würde dies für immer so sein ... eine fast erschreckende Vorstellung*) Alex beobachtete Matrischka dabei, wie sie wieder aufstand und schwarze Blüten auf jeden der Arme der schwarzen Kali Statue tat. Eine Gottheit mit 8 Armen, deren geöffnete Hände sich zum Himmel hoben.

Alex war noch nie gläubig gewesen. Wenn denn überhaupt, dann war sie dem gewohnten Gang von Kommunion und Firmung gefolgt. Mehr auch nicht.

Aber das hier, hatte einen ganz anderen Reiz, eine vollkommen andere Ausstrahlung. (*Es schien verboten ... dunkel ... schwarz ... geheimnisvoll und überaus ... ja, irgendwie besonders, einzigartig.*) So verharrte sie ebenso, wie die Anderen in der andächtigen Pose. Das ganze dauerte noch bestimmt 10 Minuten, dann stand Matrischka vom Boden auf und gab zu verstehen, dass es zu Ende war.

Danach folgte der nächste Punkt. Alex war nicht darüber

aufgeklärt worden, aber es gab ein Pflichtprogramm an dem jeder der Mädchen teilnehmen musste. Das Bild der Erholungsreise war hier weit gefehlt.

Diese Andacht, Meditation, das Gebet fand jeden Tag statt. Frühmorgens um 8, danach das obligatorische Frühstück in Form des Konzentrats. Dann Kampftraining und Fitness, wie Manu es ihr netterweise erklärte. (*Fitness war der falsche Begriff, denn fit waren sie jetzt von Natur aus ... mehr denn je ... was sie im Training heraus finden durfte*) Sie übten Combos, Angriffstechniken, die sich an die übernatürliche Kraft anlehnten. (*Wieso ... Wozu ... Warum ... blieb als Fragezeichen stehen ... Immerhin waren sie übernatürlich schnell und stark*)

Weil sie eine Schwäche gegenüber Eisen hatten. Ein Stich, ein Schuss, an der falschen Stelle und sie würden tot sein, klärte Matrischka wieder auf. Denn die Theorie kam auch nicht zu kurz. Sie bekamen erklärt, wie und wo sie Menschen am schnellsten töten konnten. Am Genick, dem Herz oder der Wirbelsäule. Sie studierten die Angriffe ein, immer wieder und in Wiederholung und so langsam erkannte Alex, worauf das hinauslief. (*12 übernatürliche Kämpfer ... eine Eingreiftruppe ... Verona brauchte etwas und sie würden es besorgen ... kurz und schnell einfallen und besorgen ... kurz und tödlich ... nicht aufzuhalten ... eine kleine Armee ... für Verona.*) Und sie bekam wirklich die Bestätigung von Matrischka dazu.

„*Du machst Dich sehr schnell ... Begreifst, lernst und denkst weiter ... Aus Dir wird etwas Besonderes werden. Denn bei den 12 soll es nicht bleiben, das ist nur der Anfang. Das Bild der Armee ist stimmig und ihr werdet die Heerführer ... Du aber hast riesen Potential, noch mehr als die anderen Mädchen ... Ich sehe eine größere Zukunft von Dir ... Vielleicht sogar an der Seite von Verona und mir. ... Mach weiter so.*" Kam es in Gedanken von Matrischka zu ihr. Alex nickte nur. (*Sie war stolz ... stolz gelobt worden zu sein ... stolz etwas Besonderes zu werden ... stolz eine wertvolle Aufgabe zu haben.*) Sie ließ sich äußerlich nichts anmerken und lernte brav die Formen und Bewegungen weiter.

Zwei Stunden später kam dann der nächste Punkt. Die reine Theorie, die leider auch dazu gehörte. Einen richtigen Namen gab es dafür nicht, aber das brauchte es auch nicht. Es war so schon schwere Kost.

In einem Raum, der einem Lehrsaal glich, wurde vorne an der Tafel die Taktik erläutert. Große Schlachten aus der Vergangenheit wurden analysiert, anhand der Formationen und eben der Taktik. Gerade die Römer waren da ein großes Thema, was die Aufstellung eines Heeres anging. Alex hätte nie gedacht, dass sie so etwas lernen würde, aber sie begriff sehr schnell die reine Theorie. Verdammt leicht konnte sie sich alles merken und saugte das Wissen förmlich auf. Nur einmal meldete sie sich zu einer Frage. „*Geht es um ein wirkliches Heer? Wirkliche Schlachten? Werden wir in den Krieg ziehen?*"

Mucksmäuschenstill wurde es im Raum. Alex hatte nur ausgesprochen, was jeder wissen wollte aber sich nicht traute zu fragen.

„Ja, das werden wir, das werdet ihr. Ihr lernt ja nicht umsonst … Aber das kommt zu seiner Zeit, wenn ihr so weit seid … Spätestens in Rom erfahrt ihr alles … Geduld … Du weißt," antwortete Matrischka und Alex nickte wieder.

Die ganze Zeit durften sie nicht an Deck, da die Tarnung aufrecht erhalten werden musste. Von Außen war das hier nur ein Lastkahn. Dafür kam wieder 2 Stunden später das Waffentraining. Sie lernten wieder kämpfen. Diesmal mit Schwertern, Messern und auch im eigenem Schießstand ganz unten im Bauch des Schiffes, mit Pistolen. Dabei ging es aber nur um die Übung für den Notfall. Denn im Normalfall waren sie schneller als eine Pistolenkugel. Deswegen nur eine theoretische Übung um den Wissenstand abzurunden. Den ganzen Unterricht leitete Matrischka in Begleitung ihres Bodyguards, der aber nur ein Mensch war. (*Nur ein Mensch … ihr Denken änderte sich schon … alleine durch die Übungen Menschen zu töten, wie einen natürlichen Feind … ein Abstand zu der Spezies, der sie nun einmal angehörte …*)

Matrischkas Bodyguard übernahm das Pistolentraining. Es wurde auf sie geschossen und sie mussten Ausweichen üben. Getroffen wurde nie jemand von ihnen, dafür waren sie einfach zu schnell und die Übung zu leicht.

Dann gab es eine Pause von ein paar Stunden, in der sie

machen durften was sie wollten. Ein Großteil der Mädchen pflanzte sich in den Wohnraum vor den Fernseher oder unterhielt sich einfach nur. Es standen auch Gesellschaftsspiele bereit zur Abwechslung, aber die rührte keiner an. Dafür wurde eher die Spielekonsole an dem anderen Fernseher benutzt. Dann das obligatorische Essen wieder und noch eine Einheit Kampftraining.

So vergingen die Tage vollgepackt mit Programm und im Grunde ohne Langeweile. Am 7.Tag dann endlich hieß es, dass sie den Hafen anlaufen und runter vom Schiff konnten. Ab in ein Flugzeug und nur noch ein paar Stunden in der Luft, bis sie endlich da waren. Keines der Mädchen war noch wie vor der Schifffahrt, dafür hatten sie zu viel Wissen, zu viel Training erhalten. Und so warteten sie nur noch begierig auf die Aktion, in der sie alles Gelernte anwenden durften. Und nicht mehr lange, dann würde es so weit sein. Das war endlich klar. Nur ein Flug trennte sie noch von der Aktion … mehr nicht.

Und so hielt sich auch jede der Mädchen an die Anweisung nicht aufzufallen, als sie vom Schiff in die bereit stehenden Autos stiegen, um zum Flughafen gefahren zu werden. Am Flughafen stand der Privat Jet dann schon bereit, in den sie nur noch einsteigen mussten. Als alle 14 Passagiere an Bord waren, ging der Flug dann auch schon los. Auf nach Rom, in eine andere Stadt, in der sich das eigene Schicksal erfüllen würde, für das sie ausgebildet worden waren.

Das Phantom ~ 243/244 ~ Bruno T. Schelig

Bibliografische Information der Deutschen Nationalbibliothek: Die Deutsche Nationalbibliothek verzeichnet diese Publikation in der Deutschen Nationalbibliografie; detaillierte bibliografische Daten sind im Internet über dnb.d-nb.de abrufbar.

TWENTYSIX – Der Self-Publishing-Verlag
Eine Kooperation zwischen der Verlagsgruppe Random House und BoD – Books on Demand

Herstellung und Verlag:
BoD – Books on Demand, Norderstedt

ISBN: 978-3-7407-0775-0

Das Phantom ~ 244/244 ~ Bruno T. Schelig